KB216538

차라리 철들지말걸 그랬어

차라리 철들지 말 걸 그랬어

2018년 12월 24일 초판 1쇄 인쇄
2018년 12월 24일 초판 1쇄 발행

지은이 | 이채명

표지 | 이승하
인쇄 | 예인아트

펴낸이 | 이장우
펴낸곳 | 꿈공장 플러스
출판등록 | 제 406-2017-000160호
주소 | 경기도 파주시 회동길 301 (파주출판도시)
전화 | 010-4679-2734
팩스 | 031-624-4527
e-mail | ceo@dreambooks.kr
homepage | www.dreambooks.kr
instagram | @dreambooks.ceo

꿈공장+ 출판사는 모든 작가님들의 꿈을 응원합니다.
꿈공장+ 출판사는 꿈을 포기하지 않는 당신 곁에 늘 함께하겠습니다.

ISBN | 979-11-89129-17-0

정 가 | 13,000원

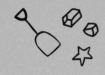

차라리
철들지말걸
그랬어

이채명 지음

contents

저는 북한이 고향인 탈북민입니다. 내 고향을 떠난 지 떠난 지 어느덧 14년이 흘렀네요. 스물을 갓 넘긴 한 소녀는 북한을 떠나고 싶었습니다. 겉으로는 가족의 생계를 위해 탈북을 했다고 했지만 실제 속마음은 내 삶에 대한 자유가 간절히 그리웠던 것입니다. 인생은 결국 나를 찾는 여행이라고 합니다. 늦가을 차디찬 두만강에 발을 담그며 생각했습니다. '나는 이제 영영 내 부모형제를 볼 수 없을지도 모르겠다.' 너무나 무섭고 두려운 길이었지만 독하게 마음먹고 내가 선택한 그 길을 가기로 했습니다. 그렇게 자유를 찾아 떠난 길에는 생각하지 못한 거대한 장벽이 도처에 있었습니다. 내가 바라던 삶이 아니었습니다. 아무리 부정하려 애쓰고 원망해도 소용이 없었습니다.

그렇게 꽃다운 나이에 말할 수 없는 모진 삶과 마주쳐야 했습니다. 너무 빨리 철이 들어버렸습니다. 저는 그때로 돌아가고 싶은 생각이 없습니다. 그러나 책을 쓰는 지금 이 순간, 저는 그 시절로 잠시 돌아가려 합니다. 이 글을 쓰고 있다는 사실이 제겐 기적임과 동시에 희망이기도 합니다. 지워버리고 싶은 과거라고 생각했지만, 그런 기억 또한 어쩔 수 없는 내 삶의 한 부분이었다는 사실을 받아들이고 있습니다.

지금 여러분의 삶이 고단하고 힘들다고 느껴지나요? 살아가야 할 이유도 못 찾고 있는 건 아닌지요. 내가 원한 삶이 아니라 스스로에게 실망할 수도 있습니다. 하지만 보잘 것 없는 인생이라도 내가 나를 사랑할 때 비로소 인생에는 밝은 빛이 스며듭니다. 결국 만나야 할 사람은 그 누구도 아닌 나 자신입니다.

어둠이 두려워 빛을 찾아 떠난 길. 하지만 나는 어둠보다 더 어두운 삶을 살았습니다. 더 이상 어디로 가야 할지도 모른 채 인생의 길을 잃었습니다. 이런 인생을 살아야 할 이유도 없다고 생각했습니다. 그렇게 죽음을 떠올렸지만 죽음조차 내겐 허락되지 않았습니다. 그래서 '죽자'를 '살자'로 바꾸고 죽을힘을 다해 살아왔습니다.

지금 당신은 '포기'를 떠올리나요? 포기하는 것을 포기할 때 비로소 내 삶에 축복과 행운의 통로가 새롭게 열립니다. 어떤 말로도 위로가 되지 않을 거라는 것도 잘 알아요. 힘내라는 말 한마디로 지친 당신을 위로할 수는 없지만 그 이상 좋은 말도 없어요. 제 이야기가 당신에게 작은 희망의 씨앗이 되길 바랍니다.

겨울을 맞이하며, 이채명

가족이 있는 행운

21살, 나는 북한을 탈출하기 위해 두만강을 건넜다. 고향에 사랑하는 가족을 남긴 채 난 왜 탈북을 했을까? 말 그대로 목숨을 내놓을 수 있는 그런 길을 왜? 갓 스물을 넘긴 나이에 무엇이 간절해서 그랬을까? 난 지금도 가족을 위해 탈북했다고 말한다. 하지만 가족은 핑계였다는 생각이 든다. 가족을 핑계 삼아 나는 내 삶을 찾고 싶었다. 안개 자욱한 산속 길 잃은 어린 사슴처럼 항상 불안한 마음으로 나는 유년 시절을 보냈던 것 같다.

두만강 너머 어떤 삶이 날 기다리는지도 모른 채 무작정 떠난 탈북의 길, 그곳엔 상상을 뛰어넘는 고된 삶이 나를 기다리고 있었다. 곧바로 난 브로커에게 속아 중국 어느 시골 마을로 팔려가 강제결혼을 한 후 임신과 출산을 했다. 그렇게 22살의 나는 한 아이의 엄마가 되었다. 당시 내겐 너무나도 큰 충격에 하루하루를 눈물로 버텼다. 내가 받은 상처, 그 마음은 쓰리고 아픈데 그 누구에게도 말할 수 없는… 하지만 그런 아픔은 오늘의 나를 이만큼 성장할 수 있게 한 원동력이기도 하다.

"그래 나 사랑하는 부모형제 모두 두고 집을 떠났잖아. 계속 버티든가. 다시 돌아가든가!" 그렇게 혼잣말을 해도 억울한 마음은 가라앉지 않았다. 결국 나를 낳아준 부모님을 원망하고 세상을 미워하고 나 자신을 원망했다. 모든 것은 내가 선택한 것임에도 인정하고 싶지 않았다. 가족을 핑계로 찾고 싶던 내 꿈, 내 삶. 두만강 너머 어딘가에 있을 자유와 꿈 그리고 내 인생을 찾고 싶었다. 인간의 진정한 자유를 찾고 싶었다. 얻는 것이 있으면 잃는 것도 있는 게 세상의 이치다. 나만의 꿈과 완전한 인생을 원했기에 그로 인한 고통과 시련은 당연한 것이었다. 내가 걸어온 길은 바로 그런 길이어야 했다.

장녀로 태어난 나는 가족을 책임지겠다는 마음을 항상 마음속에 간직하며 살았다. 하지만 힘들면 내심 부자 집에서 태어나지 못한 것을 탓했다. 우리 집이 부유했다면 나는 탈북을 했을까? 그렇다면 탈북을 하지 않았을 수도 있었다는 생각, 사랑을 들먹이며 사랑타령은 하지 않았을 거라는 생각이 들었다.

"이렇게 살려고 내가 태어난 건 분명 아닐 텐데. 왜 이런 일들을 겪어야 하지. 믿고 싶지 않은 이 사실을 받아들여야 하는 건가? 너무 싫은데…"

하지만 싫어도 내 인생이었다. '그래, 내 인생 끝이 어딘지 한번 가보고 말 거야.' 이런 생각으로 버텼다. 세상이 싫어질 때면 이대로 죽고 싶다는 생각도 들었지만 그때마다 가족의 얼굴을 떠올렸다. '가족' 이 두 글자의 힘으로 힘든 순간을 버텼다. 앞을 향해 나아가는 길에 가족이라는 이름, 그 희망이 없다면 분명 힘든 날을 버틸 수 없었을 것이다. 누구나 마음속에 희망의 별을 하나씩 품고 있다고 생각한다. 그것이 가족이든, 연인이든, 자기 자신이든…

인생에 정답이 없는 것은 어찌 보면 정말 다행이다. 지금까지 난 힘들 때면 '아! 나는 왜 태어났을까? 내가 왔던 그곳으로 다시 돌아가고 싶다.' 이런 생각을 종종 했었다. 하지만 다시 돌아갈 수 없는 게 바로 인생이다. 태어났으면 스스로 살아야 하는 게 인생이다. 싫어도 나아가야만 한다. 좋을 때나 슬플 때나 나와 가족을 생각하며 나아가자. 떠올릴 수 있는 가족이 있는 것도 우리에겐 축복이고 행운이다.

전화 한 통 할 수 있는

가족이 있다는 건 행운입니다.

있을 때 잘하라는 말도 있잖아요.

물질은 중요하지 않아요.

진심 어린 마음이 전달되는 게 중요한 거예요.

방금 화내고 티격 거리며 싸워도

돌아서면 생각나는 게 가족이잖아요.

옆에 있을 때 잘 해주는 게 최고의 효도랍니다.

부모님이 안 계셨다면

'나'는 이 세상에 존재할 수 없습니다.

가난한 부모든 부자 부모든 변하지 않는 건

나를 낳아 준 부모라는 것입니다.

세상에 태어났으면
내가 살아가야 할 의미를 찾고
최선을 다하는 게
내 인생에 대한 예의입니다.
한 순간 무너짐 앞에 무릎 꿇고 있나요?
갓 태어나 걷지 못하던
내가 어떻게 일어나 걸을 수 있었나요?
넘어지면서도 결국 일어서야 한다는 것을
어린아이는 분명 머릿속에 인식하고 있었을 거예요.
어쩌다 어른이 된 당신, 지금 어디로 가야 할지
갈팡질팡 하고 있나요?
지금 내 마음이 가리키는 곳,
내 느낌이 향하는 곳을 가면
그것이 나의 길입니다.
응원할게요.

조금 더 행복해지기 위한 선택

예전에는 고향이 어디냐고 누군가가 물어보면 강원도라고
숨겼더랬다. 하지만 숨기다 보니 스트레스는 더욱 쌓여갔다.
어디서 태어난 건 죄가 아닌데 죄인처럼 행동하는 내가 너무
도 싫었다. 비참하고 짜증도 났다. 하지만 언제까지나 비참해
지긴 싫었다. 나 자신을 가만히 들여다보며 원인을 찾아보기
로 했다. 원인은 스스로 당당하지 못한 내 모습에서부터 일어
났음을 알 수 있었다.

"혹시 고향이 어디세요."

"함경도입니다."

"정말인가요?"

"그럼요. 저 여기에 이사 왔어요."

"잘 오셨어요. 이곳이 어때요. 살만하죠?"

"그럼요. 자본주의 사회에서 나만 열심히 노력하면 되는 거 아닌가요?"

"맞아요. 그게 참 힘들어서 그런 거죠."

힘들다고 생각하면 끝도 없이 힘들어지는 게 우리 인생이라는 생각이 든다. 고향이 어딘 것이 무엇이 중요할까? 한국 사람이 모두 서울에 사는 건 아니다. 모두 표준어를 쓰는 것도 아니다. 나 자신을 드러내는 것에 부끄러우면 안 된다. 자기 자신을 있는 그대로 표현해야 한다. 아니면 누구도 아닌 스스로가 스트레스를 받는다. 어차피 우리 인생은 아무 탈 없이 흘러갈 수 없다.

처음 한국에 왔을 때 나는 사람들을 만나는 것이 싫었다. 고향이 어디냐 물을 때면 무척이나 난감했다. 탈북자라고 말하면 이상한 눈길로 쳐다볼 것 같았다. 혼자 온갖 상상으로 주눅 들어 있었다. 끝도 없이 작아지는 나의 모습을 보았다.

"너 참 바보 같은 거 알아. 네가 뭐 죄인이냐. 왜 당당하지 못해. 그래. 이런 행동은 참 바보스럽다. 이제 당당해지자. 뭐가 부끄러워."

그렇게 조금씩 당당한 나 자신을 찾으려 노력했다. 나 자신에게 당당하지 못한 것은 정말 바보 같은 일이다. 고향이 도시가 아니라고 부끄러워할 이유가 없다. 가난한 부모 밑에서 태어난 것도 부끄러운 일이 아니다. 가장 부끄러운 것은 바로 스스로 당당하지 못한 것이다. 내 마음도 통제하지 못하면서 다른 이의 마음을 움직이겠다는 건 대단히 큰 착각이다. 자신의 마음도 모르면서 상대의 마음을 어떻게 알 수 있을까. '그래도 나 왕년에 잘 나갔지.' 하며 지금의 초라한 모습을 감추고자 하는가? 왕년에 잘 나갔으면 지금은 더 잘 나가야 하지 않을까?

나를 짓누르려 하는 사람들 앞에서 더 이상 작아지지 말자. 잘 나가는 누군가를 보며 그 사람의 모든 말에 순응하고 있지는 않은지 돌아보자. 내가 주도적이지 않으면 마음은 갈대보다 더 심하게 흔들리게 된다. 자신감을 가지자. 못난 자신을 탓하며 찡그린 얼굴로 거울을 보고 있다면, 지금 당장 거울 앞에서 스스로에게 말을 건네 보자.

"난 멋져! 예쁘고! 스스로 나를 원망하고 학대해서 미안했어!"

내가 나를 인정하지 않으면
누구도 나를 인정해주지 않아요.
누가 인정해 주길 바라고 원해서가 아니에요.
그냥 나 자신으로 당당하게 살아도 된다는 거예요.
주눅 들어 있는 작은 모습의 내가 되지 말자는 거예요.
지금보다 더 당당하고 멋진 삶의 주인이 되길 바랄게요.

중요한 건 내 앞에 놓여있는 문제가 아니에요.
문제는 자기 자신에게 당당하지 못한 겁니다.
스스로에게 당당하지 못하고
자신이 어떤 삶을 살기를 원하는지,
그것을 모른다는 거예요.
이에 대한 해결책을 찾는다면
어떤 것도 문제가 되지 않아요.
어떤 일을 하기에 적절한 시기는
항상 내가 만들어가는 거예요.
강하게! 그리고 자신에게 당당하게!

세상이 나에게 어떻게 이래?

예전의 초라한 나를 버리고 어딜 가도 긍정의 기운을 내뿜는 나의 모습에 사람들은 깜짝 놀란다. 웃음 짓고, 행복해하는 나의 모습은 이제 몸에 습관처럼 배였다. 이별의 슬픈 상처를 나는 긍정으로 가려 버렸다. 그 마음에는 늘 가족을 북에 두고 왔다는 죄책감, 한 아이의 엄마로 내 아이를 옆에서 지켜주지 못했다는 죄책감이 아직도 날카로운 가시가 되어 나를 찌른다. 가시에 찔린 아픈 상처를 나는 매일 웃음과 긍정이라는 약으로 치료해가고 있는 중이다.

예전의 나는 삶이 힘들어 '죽음'이라는 단어를 떠올리던 순간도 많았다. 하지만 이제 나는 그런 선택을 기꺼이 포기하기로 했다. 왜? 나 한 사람의 잘못된 선택으로 남은 가족을 불행하게 만들 수 없으니까. 남겨진 가족의 불행은 죽기보다 더 싫다. 이왕이면 웃으며 살겠다고 다짐하고 또 다짐했다. 긍정하는 삶을 살아가는 내가 되고 싶었다. "세상사는 게 원래 다 그런 거야. 그러니 힘내!" 이것이 나 자신에게 해주는 위로의 말이다. 북에 남겨 둔 내 가족을 생각하면 순간 울컥할 때가 있다. 하지만 한 하늘 아래 함께 산다는 것만으로 애써 위안을 한다.

이 세상 모든 사람은 가슴에 아픈 상처 한 두 조각쯤 안고 살아간다. 나만 아프고 나만 힘든 것처럼 보여도 말이다. 내가 힘들다고 해서 매일 찡그린 인상으로 살아갈 수는 없다. 나는 힘들 때면 무작정 바다로 발걸음을 옮긴다. 그동안 무겁게 쌓아 둔 나의 마음을 모두 내려놓고 넓은 바다를 보며 말을 건다.

"나 진짜 힘든데, 나 너무 아픈데, 바다야 너만큼은 내 마음을 받아주면 안 될까? 너처럼 넓은 마음으로 살고 싶은데 왜 그게 잘 안될까? 대답해 줘. 너라면 답을 알 것 같아."

　이런저런 말을 하다 보면 어느새 내 마음도 바다처럼 넓어지기도 한다. 바다는 늘 낮은 곳에서 작은 강물을 모두 품어준다. 내 마음도 바다처럼 넓었으면 좋겠다. 살아가며 누군가에게 상처 받았다는 생각이 들 때, 우리는 마음의 병을 앓는다. 실은 누구도 상처 준 사람은 없는데 말이다. 누군가를 위한다는 말을 들어봤을 것이다. 그게 진심인지 아닌지는 그 말을 한 사람만이 알 수 있다. 이타적인 어떤 행동도 사실은 자신을 위한 것이다. 진정으로 누군가를 위한다면 그런 말은 하지 않아도 된다. '내가 너를 위하고 아끼니 너도 내 마음 알아줬으면 좋겠다.' 바로 여기서부터 상처의 싹은 트기 시작한다.

　무언가 대가를 바라는 마음으로 무언가를 건네면 반드시 상처가 되어 돌아온다. 내가 주고 싶어서 줬다면 대가는 바라지 말자. 받은 사람이 감사함을 알면 고맙고 몰라도 어쩔 수 없는 일이다. '쟤는 아무리 잘해줘도 그걸 몰라.' 주지 않으면 이런 말을 할 이유도 없지 않을까? 자신이 상처 받은 그곳, 깊은 곳으로 들어가서 문제를 해결하자. 더 이상 상처로 아프지 않았으면 좋겠다. 누구든…

별생각 없이 내뱉은 말로
누군가는 상처를 받게 돼요.
그런데 그걸 자신의 성격 탓이라며
말을 돌리면 그만이죠.
어쩌면 내가 내뱉은 한 마디 말로
상대방이 평생 마음의 문을 열지 않을 수도 있으니
조금은 상대방의 입장을 생각하고
말을 내뱉으면 어떨까요?

마음이 나빠서 그런 말을 했다고는 생각하지 않아요.
그 사람이 너무 편해서 그랬을 수도 있으니까요.
하지만 편하고 가까운 사람일수록
서로 배려하는 마음을 가진다면
훗날 서로 얼굴 붉어질 일은 생기지 않을 거예요.

모든 사람은 존중받을 권리가 있어요.

부모 자식 간에도 서로 존중해야 해요.

부모 자식 사이에 상처 받는 일은 너무 많아요.

부모라는 책임감이 지나쳐

자식을 무조건 감싸서도 안 됩니다.

또 자식이라고 무조건 부모의 그늘에서

어리광 부려서도 안 돼요.

그러면 거친 세상을 홀로 설 수 없어요.

스스로를 아끼고

존중하고 사랑하며 살아야 해요.

'나' 자신을 잃어버리지 말고 살아갑시다.

나를 아끼면 서로에게 상처 주는 일도 줄어들 겁니다.

인생도 리셋이 될까요?

두만강을 건너며 했던 생각. '언젠가 좋은 날이 오겠지? 그런 날이 언제 올까?' 늦가을 차디찬 강물에 발을 담그며, 가족을 핑계로 내 삶을 찾아 떠나는 안타까운 모습… 내 뒷모습을 내가 볼 수 없는 것이 천만다행이라는 생각이 들었다. 삶과 죽음의 강, 두만강에 발을 담그며 생각했다.

"아… 나 괜한 짓을 하는 걸까? 다시 돌아갈까?"

"아니야. 이왕 마음먹은 거, 갈 때까지 가보자."

 하지만 강을 건너고 아무리 가고 또 가도 나에게 좋은 날은 찾아오지 않았다. 두만강 너머에 있는 세상은 나를 반겨줄 줄 알았지만 현실의 벽에 부딪혔다. 눈물로 버티려 해도 안 되는 날이 많았다. 너무나도 힘들 땐 내가 한 선택도 부정하고 싶었다. 하지만 다행히도 그때를 떠올리면 '맞아. 그 시련이 없었다면 지금의 나는 아마 없었겠지?' 웃으며 이런 이야기를 할 수 있게 되었다. 모든 날, 모든 순간이 아무 의미 없이 오는 것이 아니었다. 어떤 어려움이든 내가 받아들이기에 따라 결과는 너무나 다른 모습으로 내 앞에 나타난다.

 지금 당신이 건너기 힘든 강을 건너고 있다고 느낀다면 강 건너편에는 무엇이 있을지 상상해보자. 행복한 내 모습을 그려보는 것이다. 물론 지금 내 상황이 힘들면 별것 아닌 일에도 화가 나고 짜증이 난다. 조금만 지나면 '그때 내가 괜히 그랬어.' 하는 후회가 고스란히 남는 것을 알면서도 말이다. 힘든 순간을 잘 참아내는 것이 바로 인생의 승자다. 언제면 좋은 날이 올까? 좋은 날은 내가 만들어가는 것이다. 내 감정에 따라 세상은 빛나게도 보이고 어둡게도 보인다. 정말 이 말은 맞는 것 같다. 내가 짜증 나고 스트레스받으면 내 머리는 세상에 대한 원망으로 가득 찬다. 나의 감정과 생각으로 행복도 불행도 모두 불러온다. 이곳저곳을 떠돌아다니며 내가 늘 했던 말이 있다.

"아! 나 진짜 힘들다. 이게 뭔 세상이 이래. 진짜 웃긴다. 나 뭐 잘못한 거 없단 말이야. 세상에 태어난 것이 죄가 아니잖아. 왜 나만 이렇게 힘들게 살아야 하지?"

힘든 순간이면 어김없이 튀어나왔던 말이다. 아니라고 하지만 내 감정을 숨길 순 없었다. 좋은 날도 안 좋은 날도 모두 내가 만들어 간다는 생각은 하지 않은 채 좋은 날이 오기만을 기다렸던 것이다. 이런 부정적인 생각은 역시 나에게 좋은 날을 가져다주지 않았다. 내가 되고 싶은 모습이 있다면 그것에 내 생각과 감정의 초점을 맞추어야 한다. 지금 아무것도 하지 않은 채 부정적인 감정을 끌어당기면 그만큼의 안 좋은 일은 내 앞을 가로막는다. 선택의 주인으로 살아야 한다. 기다린다고 행운이 나에게 찾아오지 않는다. 기회는 그냥 오지 않는다.

"난 원래 안 되나 봐. 다른 사람들은 잘만 사는데 왜 나만 늘 모양이지."

"그건 말이야. 네가 지금 인생을 대충 생각하기 때문이야."

좋은 날은 기다리는 게 아니라 내가 만들어 가는 것이다.

그래요.

좋은 날은 내가 만들어가는 것이에요.

지금 상황이 안 좋다고

찡그린 인상을 하고 있나요?

그건 내가 안 좋은 상황을 끌어당긴 거예요.

안 좋은 감정을 느낄 때

억지로라도 웃음을 한번 지어 봐요.

어이없는 웃음이라도 좋아요.

그러면 마음이 가라앉을 수도 있어요.

내가 내 감정을 조절하지 못하면

늘 감정에 휘말리게 돼요.

감정에 휘둘리지 않고

내가 내 감정의 주인이 되어보는 건 어떨까요?

살아가는 모든 날이 좋은 날이 될 수는 없어요.

하지만 자기감정의 주인이 된다면

좋은 날을 만들어 갈 수는 있잖아요.

이상한 세상, 이해하면 살만한 세상

2016년부터 나는 지금까지 자기 계발을 멈추지 않고 있다. 강연이 있는 곳이면 여기저기 찾아다녔다. 나는 귀가 얇은지 이 말을 들으면 이 말이 맞고 저 말을 들으면 저 말이 맞는 것만 같지만 말이다. 사람은 누구나 자신이 선택한 길이 있다. 누구나 간절한 꿈도 있다. 모두들 풍요로운 삶을 살길 원한다. 그러므로 그 꿈을 이끌어줄 멘토나 롤 모델을 찾는다. 하지만 성공한 사람들이 하는 이야기는 모두 옳을까? 그건 단

지 그 사람 인생에서 그 사람이 정한 기준을 가르치는 것뿐
이라고 생각한다.

한국에 와보니 이것저것 배우고 싶은 것이 많았다. 더 정확
히는 궁금한 것이라고 해야 맞는 것 같다. 같은 언어를 쓰지
만 전혀 다른 환경에서 태어난 나는 모든 것이 신기하고 궁금
했다. 사람들이 많이 모인 곳에 나도 함께하고 싶었다. 하지만
한편으론 걱정도 되었다. 북한 사투리로 말을 하는 나를 이상
한 눈으로 쳐다볼까 봐 괜한 걱정이 앞섰다.

"그래. 그냥 평범하게 살자. 한국에 태어나 대학 나와도 취
업이 힘들다는데, 나는 대학을 나온 것도 아니잖아, 탈북자라
는 꼬리표도 지울 수 없잖아. 주변 사람들이 하는 말이 맞는
지도 몰라. 그냥 조용히 살자."

이렇게 일어나지도 않은 걱정들로 몇 개월이라는 시간을
또 흘려보냈다.
누구라도 한 번쯤 이런 말을 들어봤을 것이다.

"야. 네가 뭐 대단하다고 난리야 그냥 조용히 살아. 그게 가장 편해!"

하지만 이상하게도 나는 이런 말을 들으면 오기가 생긴다. 할 수 없다는 고정관념을 깨고 싶다는 생각이 든다. 아무 의미 없이 사는 건 내 삶에 대한 예의가 아니라는 생각이 들었다. 나는 많이 부족하지만 충분히 잘할 수 있다고 다독이며 난 내 꿈에 도전하기로 했다. 꿈을 이루는 것이 결코 쉬운 일이 아니라는 것은 이미 안다. 그러나 아무것도 하지 않으면 말 그대로 아무 일도 일어나지 않는다. 내가 마음먹기에 따라 세상은 달라진다. 다양한 사람들이 어우러져 사는 세상이다. 꼭 누군가가 만든 틀에 나를 끼워 맞추지 않아도 된다고 믿는다.

아무 생각 없이 다른 사람이 정한 틀에 맞춰가지 말자. 다른 이의 달콤한 말에 너무 의존하지도 말자. 무엇이든 내가 하는 생각을 일단 믿어야 온전한 내 삶이 만들어진다. 듣기 좋은 소리가 당장은 기분을 좋게 만들 수 있다. 그러나 시간이 지나 삶의 어느 한 모퉁이에 서서 자신을 바라봤을 때 과거의 내 모습을 후회하는 일은 종종 생긴다. 조금만 생각을 바꾸어 이해하면 그래도 살만한 세상이라고 생각한다. 내 안의 진짜 목소리에 귀 기울인다면 지금보다 훨씬 밝은 미래가 만들어질 것이다. 이상한 세상이지만 이해하면 나름 살만한 세상이 된다. 그렇다고 애써 이해하려 할 필요도 없다. 내가 생각했을 때 아니라고 생각하고, 머리가 기웃거리는 일은 애써 이해하지 않아도 된다는 뜻이다.

살기 힘든 세상이지만 어떤 상황에서도 희망이 없지는 않다.

누군가의 성공에

너무 자신을 몰아가지 말아요.

그러다 어느 순간 지쳐있는 내가 될 수 있어요.

성공은 오늘 하루 내가 성장하는

그 과정일 뿐이에요.

오늘 나에게 주어진 하루 동안

성실히 임하는 자세로 잘 살아냈다면

반드시 보상은 당신에게 주어질 겁니다.

성공은 행복과 마찬가지로

내가 쫓아갈수록 도망가요.

그러니 이제 한 걸음 한 걸음

나의 걸음에 맞추어가요.

그러다 보면 어느 순간 정상에 올라 있을 거예요.

그때 세상을 한눈에 내려다보며

"아! 나도 해냈다. 나 진짜 장하다. 내가 세상을 이겼어."

기쁨의 눈물을 흘리는 그런 날이 올 거예요.

모르는 사람에게 나를 맡긴 적 있나요?

다른 이가 하는 부탁에 속으로는 싫은데 겉으로는 '어. 그래 알았어'라고 한다. '자기가 하면 될 일을 별 걸 다 시키네'라고 하며 불만은 쌓여만 간다. 명확한 거절은 나와 상대방 모두를 위한 것이다. 마지못해 부탁을 들어주다 오히려 그 사이가 깨지기도 한다. 어쩌면 지금 우리에게 필요한 건 명확한 거절을 위한 용기 일지 모르겠다. 모든 사람에게 좋은 사람이 되기 위해 노력하다 보면 생각과는 달리 나쁜 사람이 되어버

릴 때도 많다. 같은 꽃을 보고도 예쁘다는 사람과 그렇지 않
다고 하는 사람이 있다.

　톨게이트에서 근무할 때의 일이다. 나는 그날 해야 할 일
을 마무리했다. 그런데 사무실 근무자가 트집을 잡으며 집으
로 보내주지 않는 것이었다. 3교대 근무이기에 나는 다음 날
일찍 또 출근해야 했다. 늦은 시간까지 꼬투리를 잡는 근무자
에게 뭐가 잘못되었는지 이야기해 달라했다. 그런데 내가 잘
못한 건 없다고 했다. 그럼 도대체 왜 그랬을까? 집에 보내
줄 테니 자기가 마실 물을 떠 놓고 가라는 것이었다. 정말 어
이가 없었다. 나는 그가 시키는 대로 할 이유가 없다고 생각
했다. 당신이 마실 물이니 당신이 준비하라 했더니 버럭 화
를 내는 것이었다. 한참 동안을 그렇게 말다툼을 했다. 그는
내게 나이도 어린것이 꼬박 말대꾸를 한다고 화를 냈다. 나
이가 어리다고 아닌 것을 보며 참아야 할 이유는 이 세상 어
느 법에도 없다.

　내가 보호해야 할 사람은 나 자신이다. 타인에게 잘 보이기
위해 할 말을 하지 못하면 스트레스와 감정이 쌓인다. 내가 나

를 모른 척하고 남의 기준에 맞추다 보면 다른 사람의 말도 안 되는 부탁을 거절하지 못하는 일이 생긴다. 주변에 있는 가까운 사람들과 그런 일은 종종 생긴다. 하지만 내 마음이 시키는 일이 무엇인지 정확히 알 필요가 있다. 마음이 시키는 일을 하면 즐겁게 할 수 있다. 하지만 마음이 시키지 않는 일을 억지로 하면 그 누구도 아닌 내가 스트레스를 받는다.

우리는 삶을 살아가며 별별 일을 다 겪게 된다. 때로는 열심히 살고 노력해도 안 되는 일들도 있다. 그럴 땐 내가 한 일에 어떤 보상이 반드시 있어야 한다는 압박감에서 벗어나야 한다. '당연히. 반드시'라는 생각보다는, 할 수 있는 만큼의 최선으로 삶의 균형을 맞추어 나가야 한다. 인생은 아쉽게도 내가 바라고 원했던 만큼 공평하지 않다. 악한 사람이 더 잘 사는 경우를 봤을 것이다. 반대로 열심히 착하게만 사는 사람이 오히려 더 가난하게 사는 경우도 많다. 노력만으로 안 되는 일이 분명 있다.

가끔 내가 한 노력이 나를 배신할 때 인생 자체가 싫어진다. "뭐 이런 경우가 다 있어. 내가 왜? 진짜 어이없지 않아? 나 이만하면 잘 살아왔단 말이야." 그 마음 충분히 이해가 간다. 노력한 당신 잘못은 아무것도 없다는 것을… 그럴 땐 차라리 훌훌 털어버리고 내 멋대로 사는 게 훨씬 도움이 될 수도 있다. 내 몸이 받아주지 않는 일을 억지로 할 필요도 없다. 내 기분은 별로인데 누군가의 눈치를 보며 할 말도 못 하고 살면 상처가 곪아 언젠가는 터지게 된다. 미리미리 내 몸이 지금 무엇을 원하는지 알아채고 자신을 보호해야 한다.

"맞아, 나 이제 하고 싶은 말을 하며 내 멋대로 살아볼 거야."

맞아요.

내 멋대로 살아 큰일 나는 건 절대 아니에요.

마음이 시키는 일을 하세요.

마음이 시키지 않는 일을 억지로 하면 탈 나요.

배가 부른데 자꾸 먹으면 어떻게 될까요?

삶도 마찬가지예요.

좋은 사람들과 어울리며

하고 싶은 일을 하며 살아도 모자란 인생이잖아요.

타인의 기분을 맞추며 자신을 희생하지 말아요.

아닌 건 아니라고 말하세요.

내가 힘들 다는 것을 상대도 분명 알아야 해요.

참지 마세요.

그러다 화가 나면 나만 다치게 돼요.

누군가를 위해 희생하는 거 이제 그만해도 돼요.

내 삶을 선택할 수 있는 권리를 가진 사람은

오직 나뿐이라는 걸

할 말은 하면서 당당하게, 거절의 달인이 되어 보세요.

세상은 그걸 당연하다 말합니다

이만큼 열심히 노력했으면 이제 잘 살아야 하는 거 아니야? 그게 말처럼 되면 얼마나 좋을까. 그렇지 않으니 인생인 거지. 나는 내가 열심히 살고 있다고 생각했다. '열심히 사는데 나한테는 왜 운이 따라오지 않지? 이만하면 편하게 살 만도 하잖아? 어떻게 이보다 더 열심히 살아?' 이런 생각을 하며 누군가 잘 되는 것에 은근히 질투했다. '저 사람은 잘 되는데 나는 왜 안 되지?' 하는 생각이 머리에서 떠나지 않았다. 요즘

이 사회엔 '열심히 살면 지는 거다'라는 말이 유행이다. 그럼 어떻게 살아야 할까?

절대적인 답은 없다. 스스로 살아가며 경험을 통해 깨닫고 그를 통해 지혜를 얻어야 한다. 딱 하나 내가 깨우친 것이 있다면 모든 날 모든 순간은 결코 헛된 것이 아니라는 것이다. 시간이 지난 어느 날 그 순간을 떠올리면 그 모든 것은 내 성장을 위한 과정이었음을 깨닫게 된다. "맞아. 그때 그 순간이 있어서 오늘의 내가 존재하는 거야. 나 진짜 많이 성장했다." 이렇게 웃으며 말할 수 있게 된다. 누군가의 성공을 부러워하거나 탐내지 말자. 주위에 성공한 사람이 있다면 진심을 담아 응원해 주는 것도 결국 앞으로의 나를 응원하는 것이다.

오늘 내가 했던 생각과 행동이 그대로 앞으로 내 삶의 결과가 된다면 지금 어떤 생각을 할 것인가? 이기는 사람이 있으면 지는 사람이 있다. 하지만 내가 이겼다고 진 사람을 무시한다면 언젠가 자신에게 그 결과는 다시 돌아올 것이다. 경쟁 사회에서 이기고 지는 것은 물론 당연한 것이다. 진 사람이 있어야 이기는 사람도 있는 것, 이것이 경쟁이다. 또 지금 내가 이겼다고 해서 계속 이길 수 있는 것도 아니다. 어떤 상황에서도 초심을 지켜야 하는 이유가 바로 여기에 있다. 초심을 잃으면 그동안 내가 쌓아왔던 노력의 탑은 한순간에 무너질 수 있다.

그렇다고 나만 질 것 같은 마음에 불안해하지 않아도 된다. 어차피 모든 사람은 저마다의 매력과 능력이 있다. 그 능력을 언제 적당한 시기에 꺼내 쓸 수 있을지, 그건 내 의지에 달렸다. 나는 내가 긍정적인 사람이라고 생각했다. 그런데 어느 날 내가 원하는 바가 이루어지지 않는 것에 혼자 짜증내고 인생 다 산 사람처럼 행동을 했다. 인생의 정답 만을 찾고 싶어 하는 내가 안쓰럽게 느껴졌다. '너 참 궁상이다. 인생의 정답은 평생 찾을 수 없는 거야.' 나만 더 힘들어질 것 같은 생각이 들었다. 결국 아닌 것은 빨리 포기하는 것이 가장 정답에 가까운 길이라는 걸 알게 되었다.

나는 꿈에 미쳐 비싼 수강료를 내면 꿈을 이루게 해 준다는 곳에도 가봤다. 간절한 마음이 지갑을 열게 하고 발걸음을 옮기게 했다. 시간이 흘러 나는 깨달았다. 내가 원하는 것이 아닌 것을 따라가고 있다는 것을… '내가 비싼 수강료를 냈으니 이 사람이 당연히 나를 성공시켜주겠지?' 이 생각 자체가 잘못된 것이었다. 세상에 당연한 건 없다. 절대적인 것도, 영원한 것도 없다. 우리의 성공을 만들어주겠다고 하는 곳은 분명 잘못된 방식을 가르치는 곳이다. 우리 모두는 가지고 있는 능력과 재능이 다르다. 당신에게 '성공'은 과연 무엇일까?

자신의 성공을 누군가에게 그대로 강요하지 말아요.

강요는 배움이 될 수도,

그 사람의 성공을 돕는 것도 아닌 거예요.

진심으로 돕고 싶다면

자신의 어깨를 타고 넘으라고 가르치세요.

제가 가장 존경하는 스승님은 그걸 가르치거든요.

힘없는 사람들의 약점을 자신의 성공에 이용하는

그런 사람들이 가장 나쁜 사람인 거 알아요?

결국 책임지지도 않으면서 말이에요.

탐욕이라는 검은 천으로 자신의 몸을 휘감지 마세요.

그러다 언젠가는 후회하게 될 테니까요.

누군가를 따르는 우리도 마찬가지예요.

저 사람이 당연히 나를 성공시켜준다는

보장 따윈 없는 거예요. 자기 자신을 믿으세요.

믿고 의지하며 살아가야 할 사람은 언제나 나 자신이니까요.

멈추고 싶은 내 인생

전화 한 통을 받았다.

"작가님, 요즘 뭐하고 지내세요?"

"안녕하세요. 나 요즘 원고 쓰고 있잖아요."

"열정 정말 대단하세요."

"아니에요. 그냥 내가 좋아하는 일을 할 뿐이에요."

좋아하는 일이라 말했지만 가끔은 '내가 이 것을 꼭 해야 하나' 하는 생각이 들기도 한다. 진정으로 내가 원하는 삶이 무엇인지, 어떤 의미를 찾고자 사는지 가끔 헷갈릴 때가 있다. 내 일을 하면서 꼭 남의 일을 하는 것처럼 아무것도 하고 싶지 않은, 마냥 한심해 보일 때가 있다. 그럴 때면 나도 모르게 얼굴을 찡그리게 된다. '다른 사람들은 어떻게 살까? 지금 이런 내 마음을 누가 알기나 할까? 하소연할 곳도 마땅치 않네.' 뭐가 그리 힘들다고 엄살인지 내 몸에서 밖으로 표현되는 행동은 내가 봐도 이상할 때가 많다.

첫 개인저서를 출간하고 조금은 힘들었던 몇 개월을 보냈다. 시행착오를 겪으며 쓴 첫 책은 내가 생각했던 결과가 나지 않았다. 얼마 동안 밥도 제대로 먹지 못하고, 물 마시는 것조차 힘들었다. 그렇게 집에 누워 이런저런 생각을 했다. '내 인생의 일부를 책으로 펴냈으니 이제 내 꿈이 조금은 이루어졌잖아. 이제 여기서 멈추자.' 그런가 하면 또 한편 혼잣말로 '멈추든 나아가든 내가 알아서 하는 거지.'

홀로 찬 방에 우두커니 앉아 엄마 아빠 결혼사진을 가슴에 품은 채 하염없이 눈물을 흘렸다. '이제 더 이상 욕심 안 부

릴래. 내 이름으로 된 책 하나만 가지고 조용한 곳으로 떠나고 싶어. 그곳이 어떤 곳이든.'

어두운 창밖을 멍하니 바라보며 고향의 부모형제와 어릴 때 추억을 그리기도 했었다. 어린 시절 빨래 감을 가득 머리에 이고 하천가에 나가 빨래하던 모습, 집에 기르고 있는 토끼에게 먹일 아카시아 잎사귀를 바구니에 담던 모습, 엄마와 걷던 강변 둑길, 동창들과 뛰놀던 학교 운동장이 주마등처럼 내 머릿속을 스쳐갔다.

북에 남아있는 가족의 건강을 간절히 기도하며 '언젠가는 만나겠지. 그러니까 조금만 더 힘내자. 좋은 날이 오겠지.' 스스로에게 위로를 건넨다. '지금까지 잘 버티고 견뎌 왔잖아. 오늘 내 하루가 모여 내 인생이 되겠지. 그래! 오늘이 힘들다고 내일이 힘들고, 모레도 힘든 것은 아니야.' 지금 힘들어도 언젠가는 좋은 날이 올 거라 믿는 것. 힘듦을 견디는 인내가 우리를 고통에서 축복의 통로로 안내한다. '모르는 게 아닌데 나 힘들단 말이야. 그래서 어쩌라고 죽기라도 할 거야? 그건 나의 선택이지…'

"힘든 거 다 알아. 힘들면 힘내지 않아도 괜찮아. 힘 빼."

힘들면 힘내지 마세요.

몸과 마음에 힘이 다 빠졌는데

어떻게 힘낼 수 있겠어요.

왜 다들 힘내라고만 하는 거죠?

그건 잘못된 거예요.

힘들 땐 뺄 수 있는 만큼 최대한 힘을 빼야

그때 다시 일어설 수 있는 힘도 생길 수 있어요.

진심으로 누군가를 일으켜 줄 마음이면

조용히 손만 내 밀면 돼요.

그거면 충분해요.

힘내라는 말은 오히려

그 사람의 힘을 더 빼앗게 될 수도 있어요.

그 말이 정말 진심이면 침묵 속에 조용히

"힘내. 내가 있잖아. 넌 혼자가 아니야. 그러니 힘내."

진심 어린 마음이 전달되면

분명 넘어진 그 사람은 다시 일어설 거예요.

같은 얼굴, 다른 사람

가끔 나는 다른 사람에게 내 모습이 어떻게 비칠지 궁금하기도 하다. 그럴 때면 나에게 질문한다.

'난 어떤 사람이지?'

아무리 생각해도 다른 사람에게 내가 어떻게 보이는지 모르겠다.

바로 친구에게 전화로 묻는다.

"야, 네가 보기에 난 어떤 사람이야?"
"넌 미쳤지. 너는 되지도 않는 일에 열을 쏟고 있잖아. 지금껏 내가 본 사람 중에 네가 최고로 미쳤어."

친한 친구가 건넨 한 마디. 그럴 만도 하다. 보이지 않는 내 마음속 꿈을 찾고 싶어 대출까지 받아가며 쫓아다녔기 때문이다. 시간과 돈을 써서라도 내 꿈을 간절하게 찾고 싶었다. 다른 사람이 한다면 나도 할 수 있다는 생각으로 용기를 냈던 게 지금의 결과를 가져올 수 있었다. 안 되면 되게 하라는 평범한 말도 내겐 큰 힘이 되어주었다.

세계적인 방송인 오프라 윈프리는 "앞으로 나아가기 위해 외적인 것에 의존하지 말라"라고 했다. 남들에게 내가 어떤 사람으로 보이는지에 지나친 신경을 쏟지 말아야 한다. 나 자신을 바라보는데 다른 이의 시선을 의식할 필요는 없다는 말이다. 나를 낳아 준 부모도 당신의 인생은 따로 있고, 자식도 그만의 인생이 따로 있다는 말을 들어봤을 것이다. 할 말은

하고, 좋아하는 일을 하며 행복을 추구하는 것이야 말로 진정
나를 위한 삶이다. 물론 좋아하는 일을 하는 것도 돈이 없다
면 제약이 많이 따른다. 하지만 그렇다고 해서 지나친 탐욕이
내 몸을 휘감고 있으면 안 된다. 당장은 아닐지라도 먼 훗날
고스란히 후회로 남게 된다. 여기저기 들리는 부정의 소리와
멀어질 때 비로소 내가 나아갈 길을 똑바로 걸어갈 수 있다.

　나답게 나만의 방식으로 살자. 좀 이상하다는 말을 들으면
어떤가? 살짝 미쳤다는 소리를 들으면 큰일 나는 건 아니다.
내가 바라고 원하는 대로, 꿈꾸는 대로 살아야 하지 않을까?
물론 바라고 원하는 대로 안 될 때도 있다. 그렇다고 실망하
고 포기할 수는 없는 일이다. '인생에 실패란 없다'는 말을 받
아들이는 순간 앞으로 나아갈 새로운 용기는 생겨난다. 때로
는 비아냥 섞인 말을 들을 수도 있다. 하지만 그런 것 따위에
시선을 두지 말자.

　'그래 난 괜찮아. 다 받아들일 수 있어.' 이런 말 하는 나
진짜 이상한가? 이상해도 미쳐도 괜찮다. 남들의 호감을 사
는 게 그리 중요하지 않다. 진짜 내 인생의 주인으로 살아가

는 게 중요하다. 내 인생을 소중히 여길 때 타인의 인생이 소
중한 것도 알게 된다.

남에게 보여질 나를 의식하며 살고 있나요?

어떻게 해야 저 사람이 나에게 더 잘 대해줄까 고민인가요?

남들의 시선은 중요하지 않아요.

오늘 하루 내가 원하는 삶을 잘 살아냈다면

그걸로 충분해요.

그렇게 사는 사람이야 말로

값진 삶을 채워가는 사람이니까요.

"쟤 좀 이상해. 쟤 좀 별로야."

이런 말을 들을까 미리 걱정이 앞서나요?

이제 걱정하지 말아요.

그런 말 하는 사람들이 더 이상한 사람이라고 생각하세요.

내가 이상해질 일은 없으니까요.

설사 이상하면 어때요.

나 자신이 행복하면 그걸로 만족할 일 아닐까요?

인생의 주인은 어디까지나 내가 되어야 해요.

내가 없는 세상은 존재할 수 없으니까요.

세상에 단 하나뿐인 '나' 정말 멋진 말 아닌가요?

정글 같은 세상 내가 바로 잡는다!

이렇게 하면 될 것 같고, 또 저렇게 하면 될 것 같지만 어떻게 해도 안 될 때가 있다. 아쉽지만 내가 원하고 바라는 대로만 되지 않는 것이 인생인 것 같다. 이번에는 왠지 느낌이 좋아 될 것 같다가도 또다시 실패할 때 '포기'라는 친구가 또다시 나를 찾아온다.

"아! 정말 더 이상 안 되는가, 그냥 이대로 포기할까, 내가 너무 욕심부렸나, 차라리 잘 됐지 뭐, 어차피 되지도 않을 일을 내가 괜히 고생하고 있네."

내 꿈이 얼마나 소중한지 알지 못하고 간절함이 부족할 때 나는 저렇게 혼자 중얼거렸다. 이렇게 하고 싶은 일을 놓아 버린 때가 가끔 있었다. 일이 잘 안 풀리면 '내 인생 별거 있 겠어.' 이 말을 들먹이면서… '안 되는 걸 하게 할 수는 없을 까?' 이 생각보다 '안 되는 걸 어떻게 해'라는 생각을 내 마 음속 주인으로 만들어 놓았다. 나름 안간힘을 다 했다고 생각 했지만 그 노력도 나를 쳐다봐 주지 않을 때가 많다. 인생이 잘 풀리기를 원하는 마음은 누구나 같을 것이다. 어느 날 길을 걷다 발견한 타로점 집이 내 발걸음을 이끌었다.

"이걸 하면 어떨까요? 어떻게 하면 좀 괜찮아질까요? 올 해 사업하면 잘 될 수 있을까요. 아니면 내년에 해야 할까요?"

하지만 썩 시원한 답은 듣지 못하고 나온다. 인생은 풀 수 없는 수수께끼라는 생각만 명확해지는 순간이다. 맞는 것 같 다가도 또 고개를 흔들며 의심이 들고, 다른 사람도 했는데 왜 나는 못 할까 하는 자괴감도 몰려온다. 모두의 인생에 정해진 답이 있다면 삶이라는 치열한 터전에서 서로 경쟁할 일은 없겠지… 그렇기에 어떤 사람들은 '모르는 게 답이다'라고 하는 것 같다. 어차피 풀리지 않는 고민거리를 끌어안고 걱정하는 데만 시간을 쏟지는 않는지, '걱정해서 걱정이 없어진다면 걱정이 없겠네'라는 우스갯소리가 마음에 다가온다. 걱정은 결국 한숨만 가지고 올뿐이다.

한숨을 깊게 내 쉴 때마다 자신이 작아지고 초라해지는 모습이 느껴진다. '휴~ 새로 태어나 대학도 가고 좋은 회사도 취직하고 싶다' 이런 생각이 나를 지배하는 날엔 아무 일도 손에 잡히지 않는다. 가족을 위해 희생한다는 말로 나 자신을 부정의 늪으로 몰아갈 때도 많았다. '어차피 이번 생애는 굴렀어. 그러니 다음 생애 태어나면 지금처럼 살지 않을 거야' 때로는 타인에 삶에 나를 끼워 맞추느라 눈치 보는 날들 또한 많았다. 괜찮지 않은데 괜찮은 척 타인의 걱정까지 들어주려 하는 오지랖, 내 앞에 놓인 걸림돌을 제거하기까지 많은 시간이 걸렸다.

"우리 이제 우리 자신을 위해 살아요. 우리가 먼저 잘돼야

돕고 싶은 사람도 도울 수 있으니까요."

　가끔 지인과 톡으로 이런 문자를 주고받는다. 모든 걸 돌이켜보면 잘 된 일이든 아닌 일이든 그 문제의 중심에는 항상 내가 있었다는 것이다. 누군가를 탓할 일도 아니다. 그렇다고 나 자신을 나무랄 일도 아니다. 그걸 깨달은 것만으로 충분하니까… 누구나 걱정을 완전히 내려놓을 수는 없다. 그렇다면 반만이라도 내려놓아보는 건 어떨까?

정답 없는 인생 앞에 무릎 꿇고 있나요?

어차피 인생의 정답은 찾지 못해요.

너무 애써 자신을 나무라지 않아도 돼요.

지금 내 앞에 놓여있는 일에 최선을 다하는 것이

가장 정답에 가깝지 않을까요?

정답에 가깝지 않아도 실망할 필요는 없어요.

내가 실망할까 봐 인지

다행히 인생에는 정답이 없어요.

정작 오늘 할 일은 미룬 채

너무 먼 미래를 내다보고 있나요?

하는 일이 제대로 되지 않아

자신을 원망하고 있나요?

그럴수록 자신은 더 힘들어진다는 걸

알았으면 좋겠어요.

더 잘하고 싶은 마음이 너무 커버려서

지금의 자신이 조금 실망스러울 뿐이에요.

오히려 너무 잘하면 재미없잖아요.

조금은 실망스럽고, 가끔은 실패를 통해

인생의 교훈을 얻고,

경험을 쌓고 지혜를 얻는 것이지요.

복잡하게 얽힌 인생에서 정답을 찾으려 하기보다

나 자신의 본모습을 찾아가는 게

가장 현명한 선택일지 몰라요.

다시 한번 말하지만

인생은 원래 풀 수 없는 수수께끼입니다.

운명보다 강하고, 상처보다 애절한

"우리 나가서 소주 딱 한잔만 할까?"

"네가 웬일이야?"

"딱 한잔만. 응?"

"그래, 딱 한잔이다."

"야, 나 요즘 솔직히 조금은 힘들다. 넌 괜찮아?"

"힘든 건 나도 마찬가지야. 사는 게 원래 다 그런 거지 뭐."

"넌 너답게 사는 게 뭐라고 생각해?"

"나 딱히 그런 생각해본 적 없어."

"아 일단 됐어. 술이나 마시자."

한잔만 한다더니 이미 한 병째 마시고 있다. 숨김없이 대화를 나눌 수 있는 친구 한 명만 있어도 나를 돌아볼 시간을 충분히 가질 수 있다. 둘이 대화를 나누다 보면 어느새 시간은 새벽이 된다. 술에 취해 엉덩이를 흔들며 둘은 집으로 향한다. 그렇게 술에 취해 잠에 들어 다음 날 또 출근길에 오른다. 그렇게 아무 일 없었다는 듯 웃는 얼굴로 고객들을 마주한다. 겉은 웃고 있지만 속은 왠지 모르게 지친다. 그렇게 일을 마치고 열 시가 넘어 집에 오면 제대로 씻지도 못하고 뻗어버리는 날이 많다.

진짜 나로 사는 건 어떻게 사는 것일까? 있는 그대로 내 모습을 사랑하는 것. 뚱뚱해도, 못생겨도, 키가 크던 작던, 어떤 모습이라도 그대로 받아들이는 것일까? 요즘 사회에서 많이 하는 이야기는 나 자신을 찾으라는 말이다. 대체 나를 찾는다는 건 무얼 의미하는 걸까? 지금 이 모습이 아닌 또 다른 모습의 내가 존재한다는 말이 될 수 있다. 늘 키 작은 걸 탓하며 높은 힐을 신고 다니는 건 내 외적인 모습이다. 아무리 높은 힐을 신는다고 실제 키가 커진 것은 아니다. 누군가가 나를 바라보는 것이 신경 쓰이기에 하는 행동이다. 어디에서도 당당하고 싶은데 실제 내 모습은 나약한 것 같아 안쓰럽기까지 하다. 이케다 다이사쿠 어록에 보면 이런 내용이 있다.

"강해져야 한다. 강해지면 슬픔까지도 양분으로 삼을 수 있다. 고뇌가 자신을 맑게 해 준다. 자신이 으스러질 정도로 괴로움의 밑바닥에 있을 때야말로 비로소 인생과 생명의 진수가 마음에 와 닿는 법이다. 그러므로 고생했기 때문에 반드시 살아야 한다. 앞으로 앞으로 나아가야 한다."

내 앞에 놓인 고통과 시련을 피하지 않고 싶다. 내 안에 숨겨져 있는 보물을 찾을 때까지 고생을 견뎌내야 한다. '아! 나 정말 멋지다. 대단하다.' 스스로 자기 자신을 멋진 사람으로 창조하고 만들어 나가야 한다. '나'의 인격체를 존중하고 산다는 것의 의미를 스스로에게 부여할 때만이 만족한 삶이 될 수 있다. 산다는 건 어쩌면 나로 살아가는 고통을 이겨내는 과정일 수 있다. 지금까지의 고생이 헛되지 않게 포기하지 말

자. 그리고 우리 강해져 보자!

나도 강해지고 싶어요.

그런데 그게 잘 안 돼요.

때로는 내가 무엇을 위해 살아야 하는지조차

알 수 없을 때가 있잖아요.

그런데 그런 생각이 들 때

마음의 중심을 잃어선 안 돼요.

마음이 나의 모든 걸 움직이고 있으니까요.

생각조차 나의 마음의 문을 거치지 않으면

밖으로 나올 수 없어요.

마음의 문을 열고 밖으로 나온다는 게

말처럼 쉬운 일은 아니에요.

그렇게 다른 이에게 다가갔다

상처 받으면 어쩌나 하는 두려움

타인에게 보일 나의 모습들

생각의 생각이 꼬리를 물면

마음이 너무 복잡해져요.

그럴 땐 아무 생각하지 않는 게

가장 도움이 되지 않을까요.

지금 당장 해결되지 않은 일이

시간이 지나서 보면

별일 아닐 때가 많잖아요.

도움되지 않는 일을 붙잡고 있는 일은

오늘을 사는 것도 미래의 희망을 부르는 것도 아니에요.

산다는 건 어쩌면 고통을 견뎌야만 하는

일일 수도 있어요.

그렇게 견뎌 낸 고통 뒤에

마주하게 될 행복을 그리며 말이죠.

힘들면 술 한 잔에 기대 마음껏 울어도 돼요.

지금 옆에 있는 누군가에게 기대

펑펑 울어도 괜찮아요.

그런 나를 뭐라고 할 사람은 아무도 없어요.

아무 근심 걱정 없는 날은 있을 수 없지만

오늘 하루만 딱 하루만

모든 걱정 내려놓으면 어떨까요?

아직 오지 않은 너를, 찾고 있어

이제는 하루도 빠지지 않고 글을 쓰지만 아직도 노트북 앞에 앉으면 시작은 여전히 두렵다. 어떤 것을 시작한다는 느낌 앞에 작은 두려움이 생긴다. '일단 시작하자. 괜찮아. 내 느낌 그대로 표현하는 게 글이잖아.' 마음을 다잡고 노트북을 펼친다. 그렇게 두려움을 밀어내며 시작하면 한 줄 두 줄 한 페이지가 채워지고 자연스레 할 수 있다는 자신감이 다시 생겨난다.

　내 생각을 있는 그대로 표현하기란 생각처럼 쉽지 않다. 더 잘 쓰고 싶은 마음에 다른 책을 참고할 수는 있다. 그러나 진정한 내 마음을 표현하지 못한 글은 진정한 글이라 할 수 없다. 그런 글을 억지로 쓰다 보면 내게 맞지 않는 옷을 억지로 입었을 때의 기분이 든다. 있는 그대로 나를 표현하는 것이 가장 어려운 일임을 다시 한번 실감한다.

　인생도 이와 비슷한 것 같다. 수학 문제를 풀 듯 딱딱 정해져 있다면 지금보다는 편하게 느껴질까? 결국 내가 가고자 하는 방향을 정하면 일단 그 길로 한 걸음씩 나아가는 방법밖에는 없는 것 같다. 실수해도 괜찮다. 하지만 똑같은 실수를 반복하는 것은 되도록 없도록 노력해야 한다. 새로운 것을 배우며 경험하며 나아가야 한다. 새로운 일을 시작하는 과정에 하는 실수는 대단히 소중한 경험이자 자산이 된다. 누구나 처음은 다 아마추어부터 시작한다. 스스로를 보잘것없는 존재로 미리 판단해버리는 습관이 있다면 과감히 그것과 결별하자.

　물론 결과도 중요하겠지만 그보다 더 중요한 것은 과정을 통해 어떤 경험을 쌓는다는 게 중요하다.

처음 글을 쓰기 시작했을 때 나는 오랜 시간 동안 고민에 빠져 있었다. 내 삶을 되돌아보는 것이 쉽지 않았다. 괴로웠다. 보잘것없이 느껴지는 지난날을 다시 기억 밖으로 끄집어 내는 것이 두려웠다. 지난 나의 과거는 정말 숨기고 싶을 만큼 고통스러웠기 때문이었다. 사람들이 내 글을 보고 어떤 생각을 할지 너무 겁이 났다. 나를 동정하는 눈빛으로 쳐다보지는 않을까? 별의별 생각으로 아까운 시간을 보냈다. 하지만 마음을 고쳐먹고 계속 글을 쓰기로 마음먹었다. 지난 과거가 어떻든 모두 부정할 수 없는 나의 삶이었다는 것을 다시 깨달았다. 지울 수 없다면 그런 아픔까지도 사랑할 수 있어야 한다는 생각이 들었다. 그렇지 않으면 앞으로 나아가는 다리를 건널 수 없을 것 같았다.

"사람이 살면서 어려움에 처하지 않기란 매우 힘들다. 때로는 큰 재난을 만나기도 한다. 하지만 우여곡절을 겪으면서도 두려워하지 않고 굴복하지 않는 사람에게는 세상의 온갖 어려움이 하나의 시험에 불과하다. 그 어려움을 긍정적이고 이로운 요소로 바꾸어버리는 것이다. 반면에 어떤 사람들은 어려움을 접했을 때, 지레 겁을 집어먹고 소심해져서 굴복해

버리고 원망을 일삼는다. 그런 사람에게 어려움은 절대 극복할 수 없는 장벽이다. 고난은 스프링과 같은 성질을 갖고 있다는 사실을 유념하자. 당신이 강력하게 제압한다면 그것은 작게 움츠러들지만 당신이 힘을 제대로 쓰지 않으면 그 기세가 사그라들지 않을 것이다."

〈마윈의 충고〉라는 책을 보며 인상 깊게 읽었던 구절이다. 그렇다! 살아가면서 누구나 어려움과 두려움을 마주하는 순간이 찾아온다. 그런데 그 두려움이 단 몇 초의 용기 있는 행동으로 없어진다면, 그렇게 내 인생이 달라진다면 그냥 포기할 수는 없는 것이다. 어떻게 해서든 두려움을 극복하려 할 것이다. 두려움은 내 생각과 감정이 불러오는 아무 실체가 없는 존재라 했다. 두려움의 밧줄에 묶여있지 말자. 일단 시작하고 그래도 두려우면 눈감고 그냥 한번 질러보자. 길이 열리고 두려움이 사라질 것이다. 새로운 용기가 생겨날 것이다.

누구나 새로운 일을 시작할 때는
두렵다는 생각이 들기 마련이죠.
그런 두려움 앞에 필요한 건
단 몇 초의 용기면 충분해요.
두려움은 내 간절함 앞에 힘을 발휘하지 못할 거예요.
내 목표에 대한 간절한 마음이 있으면
두려움은 아무것도 아니에요.
나약할수록 두려움은 더 나를 괴롭히게 돼요.
실체 없는 두려움 앞에서 마냥 한 숨만 쉬고 있나요?

꿈틀 거리는 꿈이 두려움 때문에
밖으로 나오지 못하고 있나요.
작은 어항 속에 갇혀 꿈이 자라지 못하고 있나요.
스스로 작은 어항 속에 자신을 가두어 두지 마세요.
가고자 하는 목적지가 생겼다면 이제
내비게이션과 방향등을 켜 보는 건 어떨까요?

꿈꾸는 나에게 지금 필요한 건 무엇일지
추운 겨울을 보내면 따뜻한 봄이 오듯
꿈의 계절, 봄을 만들어 보면 어떨까요?
시작 앞에 두려움이라는 친구를 앞세워
변명 거리를 만들고 있지는 않은지,
스스로 되고 싶고, 하고 싶은 일에
그 어떤 핑계도 우리에겐 도움이 되지 않아요.
오직 포기하는 마음을 포기시키는 방법밖에는…

용기를 내자, 내게 말을 걸자

우리는 보통 남에게는 '수고했다' '애썼다' 이런 말을 많이 하지만 정작 스스로에게는 잘 하지 않는다. 이 글을 읽고 있는 지금 당신, 거울 앞에 서보면 어떨까? '나 진짜 수고한다. 내가 나여서 고맙다. 그리고 지금까지 애써줘서 고마워.' 라는 말을 한번 해보면 어떨까?

거울을 보며 파이팅을 외치는 것도 나는 왜 그렇게 쑥스럽고 부끄러웠던지, 혼자 얼굴이 붉어지고 어색하기 짝이 없었다. 하지만 이런 모습이 습관이 되어버린 지금은 아침에 눈을 뜨면 가장 먼저 거울 앞에 선다. 파이팅! 오늘도 긍정적으로 하루를 보내자고 나와 약속한다. 그리고 거울에 비친 나를 보며 어색한 표정으로라도 미소를 지어준다. 습관이 되니 어색함은 이미 오래전에 사라져 버렸다. 그렇게 하루를 시작하면 한결 마음이 가볍고 오늘은 좋은 일이 생길 것 같은 기분마저 든다.

생각을 어떻게 하느냐에 따라 기분 좋은 하루가 될 수 있고, 짜증 나는 하루가 될 수 있다. 만약 아침에 일어나 예상하지 못한 기분 나쁜 문자를 받았다거나 하면 하루 종일 안 좋은 상태가 유지된다. 매일같이 끝내주는 날만 있을 수는 없다.

"넌 왜 이 모양 이 꼴이니? 왜 이렇게 밖에 못살아."
이런 생각이 드는 날이면 친한 친구의 전화에도 괜히 짜증이 난다.
"얘는 왜 또 전화야. 짜증 나 죽겠는데."

일부로 전화를 받지 않는 날도 많았다. 그런 날엔 종일 이불속에 누워 핸드폰을 가지고 뒤척거린다. 한참을 그러고 나서야 정신이 돌아오면 그런 내 모습에 미안해지기도 한다. 저녁쯤이 되어서야 일어나서는 아무 일도 없던 것처럼 행동한다. 나만 그런 것은 아닐 것이다. 친구나 지인을 만나는 자리에서 말로는 행복하다 하지만 실제 속은 아닐 때가 있다. 사실은 힘든데 아닌 척할 때 마음은 결국 더 힘들어진다. 작아지는 스스로의 모습을 가끔 느껴봤을 것이다. 마주 앉아 자랑질 늘어놓는 친구가 가끔 못마땅할 것이다. 속으로 '그래 넌 좋겠다. 난 아닌데' 이런 생각이 들 것이다.

어찌 보면 인생을 살아가는 데 있어 가장 가까운 친구는 그 누구도 아닌 나 자신이다. 세상에서 가장 가치 있고 위대한 존재도 '나'라는 걸 알아야 한다. 내가 없는 이 세상이 존재할 수 있을까? 세상에 단 한 사람뿐인 '나'를 사랑해주자. 살며 어떤 일을 겪든, 나를 가장 잘 이해해 줄 수 있는 사람 또한 나 자신이다. 나에게 미처 하지 못한 말이 있다면 어떤 말이라도 좋다. 오늘은 거울 앞에 서서 약속하자. 어떤 '나'라도 상관없이 나와 함께 나의 길을 가겠노라고…

우리는 그렇게 매일 조금씩 한 걸음씩 더 성장하는 것이다. 어제보다 더 성장한 오늘의 내가 되겠다고, 그러기 위해 지금 어떤 상황의 나라도 받아들여야 한다. 성장하겠다는 마음이 없으면 아무리 젊은 나이라 할지라도 살아있다고 할 수 없다. 지금 나에게 필요한 어떤 말도 좋다. 남이 아닌 나를 위해 단 10분만, 아니 1분도 좋다. 스스로 가장 듣고 싶은 말을 자신에게 해보는 것이다.

거울을 보며 자기 자신을 위로해본 적 있나요?

아마 많지 않을 거예요.

왜 자기 자신에게는 그리도 인색하나요.

지금 누군가에게 힘내라는 말을 할 때가 아니에요.

조금은 이기적인 것처럼 보여도 어쩔 수 없어요.

먼저 자기 자신부터 위로하세요.

살다가 세상이 미워질 때,

지금 나의 마음이 무엇을 필요로 하는지

먼저 살펴보면 어떨까요?

누군가를 위하겠다는 말로

자기 자신을 바보같이 희생하지 않아도 됩니다.

누군가를 위해 한다고 하는 일이

즐겁고 행복하지 않으면

그것은 위하는 일이 아니에요.

내 몸에서 싫다고 하는 일은
받아들이지 않는 것도 능력입니다.
나로 태어났으니 나로 살아야 하는 건
절대 변하지 않는 진리예요.

그러니 밉든 곱든 자신을 원망하는 일은
이제 하지 않는 겁니다.
이건 저와 하는 약속이 아닌 '나'와 하는 약속이에요.
이제 좀 더 자신에게 다가가
"그래 지금껏 나 너무 나한테 무관심했어.
이제 '너'가 아닌 '나'를 먼저 사랑할 거야."
이렇게 당신을 토닥여주세요.

잠깐만 회사 좀 관두고 올게

"취업해야 하는데 이력서에 쓸 게 하나도 없네…"

생활정보지를 이리저리 넘기며 이력서가 필요 없는 곳에만 전화를 걸어본다. 괜한 마음에 묻지도 않은 말을 먼저 꺼낸다.

"안녕하세요. 저는 탈북민입니다. 혹시 이력서가 없는 저도 취업이 가능할까요?"

"일단 오셔서 면접 한번 보시면 어떨까요?"

하지만 자신이 없던 나는 금세 면접 보러 가는 게 싫어졌다. 몇 분 후 다시 전화를 걸어 이런저런 핑계를 댄 후 다음에 다시 찾아뵙겠다고 하고 서둘러 전화를 끊는다.

한국에 처음 왔을 때, 내 첫 번째 직장은 한국 도로공사에서 운영하는 고속도로 톨게이트였다. 계약직으로 채용되었기에 이력서는 필요치 않았다. 3교대 근무를 1년 넘게 했다.

하지만 탈북자라는 꼬리표가 있어서인지 탈북자 중 한 사람만 실수해도 전체 탈북 근무자가 안 좋은 소리를 들었다. 그럴 때마다 나는 당장 회사를 때려치우고 싶은 마음이 가득 찼다. 일단 계약을 했으니 싫어도 꾹 참고 열심히 일했다. 하지만 하루가 멀다 하고 계속되는 사장의 갑질은 나를 견디기 힘들게 만들었다. 툭하면 탈북자, 탈북자. 왜 탈북자라는 이유 하나로 다른 사람의 잘못에 나까지 함께 안 좋은 소리를 들어야 하는지 난 도무지 이해할 수 없었다.

그러던 어느 날 더 이상 참을 수 없다는 생각에 나는 사표를 냈다. 계약이 채 끝나기도 전이었다. 당황한 회사 대표의 사모는 사정하면서 날 붙잡았다. 왜 갑자기 그만두냐며, 좀 더 일을 해달라고 했다. 하지만 나는 회사일이 전혀 즐겁지 않았다. 물론 이 세상에 일이 즐거운 사람이 얼마나 되겠느냐만 그래도 어느 정도 상식이 통하고 즐거움이 조금이라도 있어야 일을 할 수 있을 것 같았다. 그렇게 과감히 사직서를 낸 나는 혼자 뭔가 해보고 싶다는 생각이 강하게 들었다. 배짱 있게 사직서를 낸 후 나는 한동안 백수나 다름없는 일상을 보냈다. 직장이 없으니 대출도 받을 수 없었다. 일단 나는 카페 아르바이트를 시작했다. 같은 서비스업이지만 전 회사보다 훨씬 자유로웠다.

길을 걸어갈 때면 나는 카페나 옷가게를 그냥 지나치지 못했다. 가게를 한참 동안 바라보며 '나도 언젠가는 내 가게를 가져보겠다'고 중얼거렸다. 바닥에 인사하듯 처진 어깨를 하고 다시 길을 걷는다. 아무것도 할 수 없는 나를 원망했다. 만약 부모님이 이곳에 함께 계신다면 '내 이런 상황에 조금이라도 도와주실 텐데' 하는 달콤한 상상을 하는 날이 많았다.

나는 직장인 생활보다 내 시간을 마음껏 쓸 수 있는 자유인으로 살고 싶었다. 평생 회사에 내 시간을 팔고 싶지 않았다.

물론 아직 나는 진정한 자유인라고 이야기할 수 없다. 하지만 좋아하는 글을 쓰고 있는 지금은 무척 행복하다. 내가 할 수 있고 하고 싶은 꿈을 그리고 글을 쓰고 있다. 회사생활을 꼭 나쁘다고 보진 않지만 언젠간 결국 나와야 하는 곳이 회사다. 다소 힘들더라도 회사생활을 해봤자 인정받지 못하는 내 현실을 그냥 비판 없이 받아들이고 싶지는 않았다. 지금 당장 힘들어도 내가 진정으로 원하는 일을 찾고 싶었다.

예측할 수 없는 미래를 어떤 방식으로든 지금 결정지을 수는 없다. 하지만 지금부터 자신이 되고 싶은 모습을 그려 가면 어느 순간 그것이 현실로 내 앞에 나타나게 된다고 난 믿는다. 지금도 나는 마음을 더 굳게 먹으며 내가 원하는 꿈을 그려가고 있다. 똑같이 주어지는 시간이지만 어떻게 쓰느냐에 따라 남들과는 다른 시간이 될 수도 있다. 배우고 그 배움을 통해 현명하게 선택하고 행동한다면 분명 지금보다 나은 삶이 될 수 있을 거라 믿어 의심치 않는다.

일과 삶의 균형을 맞추는 게 쉽지만은 않은 일이에요.

그렇다고 넋 놓고 있을 수만은 없는 일이에요.

매일 똑같은 내가 아닌 매일 조금씩 발전하는 내가 되는 것

이것이 흔히 말하는 성장의 단계,

내가 성숙되는 과정이에요.

성숙과 성장은

어느 한순간에 이루어지는 게 절대 아니에요.

성숙과 성장이라는 단어 뒤에는

늘 고통과 시련이 따라다녀요.

고통과 시련을 피겠다는 생각은

성장하지 않겠다는 것이나 다름없는 거예요.

그렇다고 일부로 고통을 겪으라는 것도 아니에요.

나에게 찾아온 고통이라면
받아들일 필요가 있다는 겁니다.
아무것도 하지 않으면
아무것도 내 옆에 머물지 않아요.

나에게 찾아오는 어떤 일이든 그것은
내가 무언가를 시도했다는 뜻이에요.
당장 회사를 때려치우고 사업을 했는데 사업이 망했다고
너무 크게 실망하지 않아도 된다는 겁니다.
그것으로 큰 경험을 얻었잖아요.
그거면 충분히 다시 일어설 수 있는 힘이 생길 거예요.

어딘가에 기대고 싶은 그곳,
그곳이 바로 당신 마음이었으면 좋겠습니다.

멈출 수 없는 시간과의 싸움

오늘과 내일 사이에서 나는 오늘 잘 사는 것에 초점을 맞춰야 하는 건지, 내일에 맞춰야 하는 건지 헷갈릴 때가 있다. 내일을 위해 오늘을 사는 사람, 내일보다는 오늘 하루를 즐겁게 사는 사람 등 자기만의 방식으로 삶을 살아내고 있을 것이다. 그럼 나는 어떤 사람일까? 오늘을 즐겁게 사는 사람일까? 아니면 미래를 위해 오늘을 희생하며 사는 사람일까? 내가 보기엔 대부분 불확실한 미래가 두려워 지금보다는 내일에 초점을 맞추는 것 같다. 하지만 오늘이 없는 내일은 존재하지 않는다.

흔히 하는 질문이지만 내 삶에 오늘이 마지막이라면, 나는 오늘 무엇을 해야 할까? 나라면 맛 집 가서 맛난 거 먹고, 가족과 친구와 여행 가고, 실컷 노래 부르고 춤을 추고, 내가 만나는 모든 사람들을 따뜻하게 안아주면서 오늘 만나서 즐거웠다고 행복했다고, 행복한 지금 이 순간을 짧게 한 줄이라도 글로 남길 것 같다.

누군가의 말을 듣기보다는 내가 행복한 하루를 만들어 가는 것이 중요하다. 내가 행복하면 내 주변에는 행복이 퍼진다. 지금 내 현실을 너무 극단적으로 생각하지 말자. 지금 상황이 아무리 안 좋아도 지나고 보면 아무것도 아닌 때가 훨씬 많다. 오늘 하루에 밝은 기운을 담아낸다면 분명 좋은 날이 온다. 오늘과 내일, 그 사이에서 어떻게 살아가야 할지 잘 모르겠다면 우선 오늘 하루에만 집중해보자. 다른 사람의 눈치 따위는 보지 않아도 좋다.

아주 사소한 일이라도 해냈다면 스스로 칭찬해주는 것, 이런 것도 좋은 생활습관이 된다. 오늘 하루 완벽하길 바라기보다 '오늘 이만하면 괜찮은 하루였어'라며 나를 꼭 한번 안아주자. 가끔은 내 감정을 내 마음대로 조절하지 못할 때가 있다. 갑자기 길을 가다 턱에 걸려 넘어지면 인상을 찡그리게 된다. '아, 진짜. 오늘 하루 기분 좋은 날 되긴 글렀네.' 오늘 내 기분에 거슬리는 사람이 없기를 바라기도 한다. 오늘도, 내일도 그리고 그다음 날도 괜한 걱정이 되는 건 누구나 마찬가지다. 다가오는 미래를 대비해 뭐든 해보고 싶다는 생각에 가게를 운영하는 있는 친구에게 전화를 걸어 본다.

"가게 요즘 어떻게 잘 돼?"

"그냥 그런대로, 딱히 잘 되는 것도 아니지만 그래도 괜찮아."

"나도 뭐라도 해볼까?"

"많이 남지는 않아. 글쎄 네가 하기 나름이겠지만 잘 생각해서 해 봐."

무언가를 하고 싶은 마음은 굴뚝같다. 그러나 시작 앞에 늘

떡하니 버티고 있는 두려움. 그 두려움을 이겨낼 수만 있다면 그리고 이겨냈다면 오늘 하루는 잘 살아낸 것이다. 어찌 보면 긴 인생의 승부는 긴 안목으로 보지 않으면 알 수 없다고 했다. 결국 삶은 오늘과 내일의 반복이다. 그리고 우리는 그 사이를 살아가고 있다. 오늘과 내일 사이에 서있는 나, 나 자신을 진심으로 응원하고 긴 안목으로 내 인생을 바라본다면 잠시 힘든 건 버틸 수 있지 않을까? 힘들면 잠시 쉬어가고, 게으른 자신이 싫다고 느껴지면 가끔 채찍질도 하고, 우울하다고 느껴지는 날에는 두 팔로 꼭 안아주기도 하면서 한 걸음 한 걸음 나만의 걸음으로 나아가면 된다.

가끔 혼자만의 시간을 즐기는 것도 나를 위한 일이에요.
모처럼 주어진 주말, 나만의 시간을 가져보세요.
나가기 싫은 모임에 억지로 끌려 다니는 건 아닌가요.
그런 곳에 가서 누군가의 시선에
나를 맞추어가며 보내기에는
너무나 아까운 시간이잖아요.

회사에서 주 5일 내내
상사나 동료의 눈치를 봤잖아요.
그런데 주말까지 그런 곳에 나가 시간을 빼앗기고 있나요.
주말은 내가 진정 사랑하는 사람과
시간을 보내는 건 어떨까요.
아니면 온전히 나만의 시간을 가져보세요.

오늘과 내일 사이에서
삶의 균형을 맞추는 게 쉽지는 않아요.
하지만 가족과 그리고 나만의 시간을 가지며
자신만의 생각을 정리하는 시간은
누구에게나 필요하니까요.

당신의 '행운'은 개통되었나요?

두 번째 책을 내기 위해 출판사에 원고를 보냈다. 그런데 돌아오는 답장은, "작가님 원고 내용은 정말 좋지만 저희 출판사와는 방향이 맞지 않습니다. 죄송합니다." 며칠 동안 나는 허무한 마음에 멍하니 있었다. 하루에도 수 백 권의 책이 쏟아져 나온다는데 나는 어떤 글을 써야 출판사와 계약이 이루어질지, 원고만 몇 번을 더 반복해서 쓰고 또 썼다. 계약도 안 된 원고를 언제까지 붙잡고 이러고 있어야 할지 조급했다.

그러던 어느 날, 문득 이런 생각이 들었다. '안 되면 내가 만들어 가면 되지 않을까? 안 되는 게 어디 있어. 무조건 부딪혀보자.' 나는 주로 인스타그램으로 사람들과 소통을 하고 있었다. 그곳엔 여러 출판사에서 올린 글들이 있다. 그렇게 마음먹고 바로 인스타그램에 들어가 봤다. 〈꿈공장〉이라는 출판사가 계속 눈에 들어왔다. 나는 무작정 문자를 보냈다. 다행히 바로 답이 와 서로 이런저런 이야기를 나눈 후 만날 약속을 잡았다. 난 수원에서 파주까지 장시간 운전을 해서 출판사 대표를 만났다. 내 열정을 보여주니 꿈공장 대표는 의외로 쉽게 계약서를 내밀었다. 길이 없으면 내가 스스로 길을 만들고자 할 때 뜻밖의 행운은 분명 나를 찾아온다.

팀 페리스의 〈지금 하지 않으면 언제 하겠는가〉에는 이런 말이 있다. "생각이 무거워지고 삶이 힘겨워질 때는 기억하라. 매일 당신을 새롭게 바꿀 수 있는 8만 6,400초의 시간과 8만 6,400번의 기회가 주어진다는 사실을."

만약 출간 계약이 어렵다는 출판사 거절 회신 몇 개에 지레 포기했다면 지금쯤 나는 아무도 모르게 절필 선언을 했을지 모른다. 당연히 무작정 열심히 하는 것만으로는 원하는 것을 이룰 수 없다. 그 노력에 참된 열정과 간절함이 더해져야 한다고 생각한다. 행운이 감나무에서 감 떨어지듯 쉽게 오는 것이 아니라는 것을 그날 이후 확실히 깨닫게 되었다. 한 가지를 이루면 그다음 것에 도전할 때에는 전에 없던 용기와 자신감이 생긴다. 어떤 것에 도전할 때 단 몇 초의 용기면 충분하다. 한두 번 거절에 포기하면 그다음은 더 두려워지고, 미리 포기라는 마음속 계약서에 사인하게 된다. 그리고 내 꿈은 안갯속으로 희미하게 사라지게 된다.

여러분이 다가가려고 하는 꿈의 시작에 단 몇 초만 용기를 내어보라고 말하고 싶다. 어쩌면 몇 초도 아닌 단 1초의 생각 변화로도 힘이 생길 수 있다. 용기와 손을 잡든, 포기와 손을 잡든 그것도 나의 선택이다. 내가 믿는 건 행운이든 기회든 내가 만들어간다는 것이다. 행운에는 발이 있기에 저절로 찾아오지 않는다. '넌 운이 좋은 것 같아. 난 아무리 노력해도 잘 안 돼. 그냥 이대로가 편해'라고 하는 생각 자체가 안 되는 것을 끌어당기기 때문에 안 되는 것이다.

자신의 내면은 들여다보지도 않은 채 무작정 안 된다고 하는 습관의 싹을 먼저 잘라내자. 자기 자신을 작은 존재로 생각하는 것부터 버리자. 김승호 회장의 〈알면서도 알지 못하는 것들〉 책 속엔 멋진 문구가 하나 있다. '그렇다! 우리는 우리 자신이 생각하는 것보다 더 놀라운 존재다.' 스스로 작아질 때마다 나는 이 한 줄의 문장을 떠올린다. 누구나 자신의 한계를 뛰어넘을 수 있다. 한계라는 울타리 안에서 벗어나는 것을 두려워하지 말자.

행운이 찾아오길 기다리고 있나요.

기회가 찾아오길 기다리고 있나요.

행운이든 기회든 내가 움직이지 않으면 찾아오지 않아요.

세상에 쉽게 얻어지는 것은 아무것도 없는 것 같아요.

나의 노력이 헛된 결과로 돌아올 때 허무하겠지만

그마저도 먼 훗날 보면

나에게 필요했다는 사실을 알게 될 거예요.

그래서 아무것도 아닌 지금이란 있을 수 없는 거예요.

'결국 나는 할 수 없을 거야.'

이런 생각은 결국 나에게

아무런 행운도 기회도 가져오지 않을 거예요.

그럼 이제 "결국 나는 할 수 있다."

'나니까 할 수 있는 거야.'를

입에 달고 지내는 건 어떨까요?

맞습니다.

나여서 할 수 있는 겁니다.

행운도 기회도 모두 내가 만들어가는 겁니다.

아무도 나에게 손 내밀어주지 않았다

가장 참기 힘든 것 중에 하나는 자신의 인생을 되돌아보는 것일지 모른다. 과거에 했던 실수, 얼굴이 붉어질 정도로 부끄러운 일들, 다시 떠올리기 싫은 일이 있다면 더 그렇다. 나에게 상처로 남아있는 일들, 내 인생에 떠올리고 싶지 않은 그런 일들을 다시 떠올리는 건 어쩌면 죽기보다 힘들 수 있다. 하지만 인정하지 않을 수 없는 건 그것 또한 내 삶이라는 것이다.

우리는 인생을 살아가며 과거의 일들이 가끔 내 발목을 잡을 때가 있다. 친구와 술 한 잔 두 잔 마시다 보면 어느 순간 과거로 빠져드는 나 자신을 발견하게 된다. 지난 과거를 지우고 싶어 마시지도 못하는 술에 취해 본 날도 있었다. 그러나 아무리 싫은 과거도 지울 수는 없다. 술에 취해 미친 사람처럼 노래 부르고 머리 흔들며 춤을 춰도 안 좋은 기억은 쉽게 사라지지 않는다. 억지로 힘을 내려면 할수록 다리에는 점점 힘이 빠져 버린다.

마음이 복잡할 때는 부정적인 생각에 빠지기 쉽다. 반대로 조금 일이 잘 풀리면 초심을 잃기 쉽다. 내 마음을 온전히 들여다본다는 게 결코 쉬운 일은 아니었다. 때로는 홀로 주눅 들어 아무것도 할 수 없는 나 자신을 원망했다. 내가 글을 쓰기 시작한 것도 어찌 보면 내 그런 과거에 더 이상 주눅 들기 싫어서였기도 했다. 끝없이 작아지는 내 모습 앞에서 더 이상 착한 나로 남고 싶지 않았다. 착하게 사는 게 나쁘다는 것은 아니지만 이 세상을 살아감에 있어 착하게만 살면 다른 사람들에게 이용당하기 쉽게 비쳤다.

스스로를 지나치게 낮추지 말아야 한다. '나'는 충분히 멋지고 가치 있는 존재라 생각해야 한다. 나는 지금껏 착하게만 살려고 했다. 어릴 때 듣고 자란 대로 착하게 살면 좋은 일이 생길 줄 알았다. 하지만 언젠가부터 착하게 사는 것만으로 나를 지킬 수 없다는 것을 깨달았다. 고향을 떠나 자본주의 사회를 살아가면서 마냥 착하게 산다는 건 나를 위한 것도, 누구를 위한 것도 아니었다. 그렇게 살면 인간관계도 좋아지고 경제적으로도 풍요로워진다는 착각 속에 살았다. 내가 원하는 게 뭔지 진정으로 내 삶을 살아가고 있는지를 알아야 온전한 삶이라는 것을 깨달았다.

이제 더 이상 누구를 위해 살지 말자. 지금껏 착하게만 살아온다고 지친 나를 위해 살아가면 어떨까? 바닥을 과감하게 딛고 일어서자. 착하게 살며 나보다 못한 사람들에게 베풀고 싶은 마음도 있을 것이다. 하지만 현실은 마음만으로 안 되는 게 너무나 많다. 일단 내가 온전히 살아남고 그다음에 돕고 싶으면 도우면 된다. 누구를 위한다는 말로 자신을 위로하지 말자. 그에게 오는 시련은 그가 집적 겪게 하는 것도 그를 도와주는 것이다. 진정으로 위하는 마음이라면 스스로 자신을 의지하고 일어서게 하는 것이다. 의지할 사람은 그 누구도 아닌 나 자신이기 때문이다.

어느 날 인생의 고난과 마주했을 때 내가 강하지 않다면 스스로 일어설 수 없지 않은가? 그때도 누군가를 믿고 의지할 수 있을까? '누군가의 착하고 선한 행동이 나의 고통을 없애주겠지' 하는 생각은 달콤한 상상에 지나지 않는다. 강한 내가 되어 홀로 설 수 있을 때 남도 도울 수 있는 것이다.

믿고 의지해야 할 사람은 나 자신입니다.

마음이 흔들리면 어떤 일을 해도 의욕이 떨어져요.

그런데 자신을 믿으면 누구보다 더 잘할 수 있어요.

남들이 앞서 간다고 조급해하지 않아도 돼요.

모든 사람은 자기만의 길을

자기만의 시간에 맞추어서 가니까요.

너무 조급하게 그렇다고 너무 느리게도 아닌

리듬에 맞추어서 나의 길을 가는 것이지요.

마음밖에 존재하는 모든 것은

내 마음 안에서 나오는 것이에요.

지금 내 삶이 무엇을 바라고 있는지

잘 파악하는 것이 가장 중요한 일이에요.

그렇지 않으면 마음은 갈대처럼

흔들리고 믿음이 없어지게 됩니다.

그러면 이내 삶의 의욕이 떨어져 지치게 됩니다.

강한 내가 되기 위해 우선

흐트러진 마음부터 강하게 다져보는 건 어떨까요?

깨어나라, 그날이 오고 있으니

"오늘은 좀 더 완벽한 하루를 만들 거야. 내일도 일찍 일어나 오늘처럼 지내야지!"

이런 다짐과 함께 하루를 시작한다. 하지만 오늘 내가 보낸 하루는 내 생각과는 딴 판으로 흘러만 간다. 완벽한 오늘은 실수하지 않는 하루라고 볼 수 있을까? 세상 그 누구도 실수하지 않는 사람은 없다. 실수가 없으면 성장할 수 없다. 완벽하지 않음을 통해 매일 조금씩 성장하는 오늘을 만들어 갈 수 있다. 갓 태어난 아기가 바로 걸을 수 없는 것처럼 말이다. 어른이 되어도 마찬가지다. 완벽할 수 없는 게 바로 산다는 것의 의미인 것 같다.

어제 잠자리에 들기 전, 나는 내일 아침 일찍 일어나 원고 몇 페이지는 쓰겠다고 다짐한다. 하지만 몇 페이지는커녕 한 페이지도 채워지지 않을 때면 나는 곧 스트레스를 받는다. 글을 열 번도 넘게 썼다 지우기를 반복하지만 결국 아무것도 쓰지 못하는 날도 있다. 그럴 땐 괜한 자책감에 나를 폄하하기 시작한다. 오늘 계획한 것을 완벽하게 끝내고 싶었지만 아쉬움이 남은 채 잠자리에 들면서 또다시 내일의 완벽을 추구한다.

완벽한 삶은 이 세상에 존재하지 않는다. 이제 나는 완벽하지 않기로 했다. 아니, 완벽하지 못하기로 했다. 이제 나 자신을 확대하지 않기로 했다. 내가 어떤 실수를 해도 일단은 다 받아주고 안아주기로 했다. 뒤를 돌아보면 지금까지 애쓰지 않은 날은 단 하루도 없었다. 내 뜻대로 되지 않아서 조금 지쳤을 뿐이다. 무거운 생각의 짐을 벗어던지고 이제 완벽하지 않은 '나'를 응원하자. 구부러진 소나무는 구부러진 모습 그대로 아름다우니까.

지금 내 모습이 어떤 모습이든 지금 모습 그대로 멋지고 아름다운 '나'라는 걸 인정하자. 속상하면 울자. 나는 가끔 길을 가다가도 울컥울컥 한다. 고개를 들고 눈물을 애써 삼키려 해도 눈물은 화장한 나의 얼굴 위를 아무 말 없이 흐른다. '나 왜 또 이러고 있지. 이제 울지 않기로 했잖아.' 하지만 펑펑 울고 나면 분명 새로운 힘이 생기는 걸 느끼곤 한다. 완벽한 하루를 살아가려 애쓰는 나에게 조금이나마 힘이 되어주기 위한 눈물인 것 같다.

완벽하지 않은 오늘이라도, 오늘 하루 나의 모습 중에 어떤 모습이 내가 바라는 모습에 가장 가까웠는지를 보고 내일은 조금 더 성장하면 된다. 지금 이 순간도 한때 내가 그려왔던 모습일지 모른다. 한때 내가 희미한 꿈속에서만 그리고 바라던 모습들. 나는 언젠가 내 삶의 일부를 책으로 쓰고 싶다는 생각을 했다. 작가라는 타이틀은 그리 중요하지 않았다. 내 삶

을 오롯이 마주하며 마음 깊은 곳에서 퍼져 나오는 생각을 온
전히 글로 담아내고 싶었다.

삶의 절벽까지 갔던 그런 기억들을 떠올리며 글을 쓴다는
것은 그리 쉬운 일은 아니었다. 하지만 지금 이 순간이 없다
면 미래도 없다는 것을 나는 안다. 나는 이 고통을 기꺼이 받
아들이기로 했다. 고통의 순간과 제대로 마주할 때만이 그만
큼의 깨달음을 얻을 수 있다.

삶의 의미를 부여하고 나의 존재 가치를 알아가는 것,

이것이 우리 인생을 이끌어 가는

가장 중요한 무기인 것 같아요.

살아 숨 쉬고 있음을 느낄 수 없다면

나의 숨소리를 들을 수 없다면

살아도 살아있는 것이라 할 수 없어요.

"우리는 자신이 무엇을 하는지

어디로 가고 있는지를 모르는 몽유병자와 같다.

우리가 잠에서 깨어날 것인가 아닌가는 우리가

어머니 대지를 깨어 있는 마음으로 걸을 수 있는가

아닌가에 달려 있다."

〈마음에는 평화 얼굴에는 미소〉

틱낫한 스님의 말씀입니다.

오늘 깨어있는 마음으로,

지금 이 순간 살아 숨 쉬는 걸 느끼며

지금 내가 걷고 있는 대지 위에서

마음의 순수하고도 아름다운 나의 내면과 마주하는 거예요.

봄바람보다 달콤한?

내 인생은 남과 다를 거라는 달콤한 기대, 앞길에 좋은 일만 있다면? 내 앞에 탄탄대로만 펼쳐진다면? 도로를 운전하며 녹색 신호등만 켜진다면 출근길에 지각할 일도 없겠지? 그렇다면 상사에게 기분 나쁜 말을 들을 일도 없겠지? 하지만 실제론 그렇게 되는 일은 없다. 그렇게 다정했던 연인 사이도 결혼생활을 시작하면 서로에게 맞춘다는 것이 얼마나 어려운 일인지 느끼게 된다. '결혼하지 말걸 그랬나. 결혼 생활이 생각보다 힘드네. 그냥 참고 살아야 하나.' 아무리 고민해도 어떤 답도 명확하지 않다.

　그래 내 사랑은 변하지 않을 거야. '난 평생 한 사람만 사랑할 거야. 절대 다른 사람은 쳐다보지 않을 거야.' 하지만 시간이 지나면 '아! 이건 뭔가 아닌 것 같아. 지금 이 기분은 뭐지?' 늦은 시간까지 집에 들오지 않는 남편을 기다리는 아내의 심정은 그때부터 온갖 이상한 생각이 들기 시작한다. 이따금씩 친구는 이렇게 말한다.

　"우리 실랑 어디서 뭐 하고 있는지 아직도 집에 안 들어왔어."
　"그냥 신경 꺼. 네 남편이 남의 편이 되겠냐?"
　"남의 편이어서 남편이란 말 너 못 들어봤니. 너랑 말한 내가 잘못이다. 됐다. 됐어."
　"아, 몰라 네 편을 만들던, 남편을 만들던 네가 알아서 해."

　답도 없는 이야기로 친구와의 수다는 이어진다. 사랑이 언제까지나 달콤하기만 할까. 때로는 커피처럼 쓰고 설탕처럼 달기도 하다. 애초에 완벽한 사랑을 찾는 것 자체가 조금은 무리가 아닐까? 양은 냄비처럼 금방 타오르고 금방 식어 버리는 그런 사랑보다, 서로의 상처를 안아주고 이해하며 서로가 한 걸음씩만 양보한다면 좀 더 멀리 갈 수 있는 사랑이 되지 않을까?

함께 살아온 부부가 서로에게 복수의 칼을 가는 그런 일은 서로에게 상처 받는 일이다. 내 맘대로 모든 일을 단정 짓고 판단할 때 서로에 대한 배려가 없어지게 된다. 사소한 일이라도 일방적으로 행동을 하다 보면 상대방은 서운해지고 상처를 받을 수 있다. 대신 복수라는 단어를 사랑이라는 단어로 바꾸어서 생각을 해보면 어떨까? 운명은 가끔 우리를 딜레마에 빠트리고 불행의 늪에 빠트리기도 한다. 때로는 간절한 기도조차 나를 무시할 때 세상이 지랄 맞다는 생각이 들기도 한다.

알 수 없는 우리 인생에서 갑작스러운 일에 부딪히면 당황하게 된다. 그때마다 우리는 선택의 기로에 서게 된다. 어떤 선택을 하던 후회 없는 선택이 되길 바랄 뿐이다. 단 한 가지 분명한 것은 우리 인생은 결코 달콤하지만은 않다는 것이다.

운명의 공을 내가 지고 어느 쪽으로 날려 보낼지 그것 또한 나의 선택이다. 열심히 살아온 내게 어느 날 태풍이 불어와 나의 모든 걸 휩쓸고 갈 수도 있다. 하지만 마냥 쉽게만 산다면 인생의 깨달음을 얻을 수 없다. 태풍이 휩쓸고 간 빈터에서 생각지 못했던 새로운 아이디어가 떠오르고 새로운 용기가 생겨날 수 있도록 해야 한다.

문득 내가 지금 어디로 향하고 있는지
궁금해지는 그런 날이 있을 거예요.
아무리 잡으려 해도 잡히지 않는
허공에 떠 있는 그런 느낌을 받을 때가 있을 거예요.
어느 한 사람 열심히 살지 않는 사람은 아무도 없어요.
그런데 사람들은 자꾸 열심히 살다 보면
좋은 날이 올 거라는 기대를 버릴 수 없게 만들어요.

노력하고 열심히 살면 달라질 거라는 기대
이제 그런 기대에서 몸을 떼야합니다.
열심히 살고 노력해서 분명 안 되는 것도 있는데
기대를 버리지 못하면
결국 아무것도 발견할 수 없게 됩니다.
어쩌면 내 인생을 송두리째 빼앗기는 기분이 들지도 몰라요.
그렇다고 그것을 자신의 탓으로 돌린다면
가뜩이나 외로운 나는 세상이 더 싫어지는 거예요.

최고가 되지 못하는 자신에게 불만을 품으면 안 됩니다.
인생을 살아감에 완벽함이란 있을 수 없으니까요.

지금 나에게 필요한 건

힘들면 쉬어가는 것도 나를 위한 선물이 될 수 있다.

"아! 오늘은 그냥 쉬고 싶다. 오늘은 아무것도 하고 싶지 않은 날이야."

이런 생각이 드는 날이 있다. 쉬고 싶을 땐 쉬어야 한다. 억지로 하는 일은 오히려 독이 될 수 있다. '오늘은 친구와 맥

주나 한잔 해야지. 아무 생각도 하고 싶지 않아. 오늘 하루만 실컷 놀자. 그리고 내일부터 열심히 달려야지.' 하며 친구에게 전화를 한다.

"우리 어디서 만날까?"
"너 또 한잔 하고 싶어서 그러는 거지."
"아니야. 그냥."
"그냥은 무슨. 그래 알았어. 나와."

마음이 통했을까, 친구는 기꺼이 내 부탁을 받아준다. 누구에게나 충전은 필요하니까. 친구와 술을 마시다 보면 과거 속으로 빠져드는 나를 발견한다. 그러면 술인지 눈물인지 모르고 마시게 된다. 때로는 우울해지는 나 자신을 발견하게 된다. 다시는 안 마셔야지 하면서 힘들면 또 어디라도 기대고 싶은 마음이 절로 든다. 과거의 나로 빠져드는 것은 좋은 충전이 될 수 없다. 물론 과거를 통해 더 나은 지금을 만들어간다면 괜찮다.

지워지지 않는 지난 일들에 발목이 잡히면 오늘 하루가 고단하고 힘들어진다. 아직 어른으로 살기엔 너무나 부족한 나를 발견하게 된다. 뭐가 뭔지 종잡을 수 없을 때도 있다. 어른으로 살면 아파도 참기만 해야 하는지, 길을 걷다가도 나도 모르게 눈가에 눈물이 고일 때가 있다. 괜히 누가 볼까 부끄러운 마음에 주변에 사람이 있는지부터 살피게 된다. 어른이라는 이유로 누군가의 눈치를 살피며 모든 걸 참아야만 하는 걸까? 내 몸이 힘들다는 신호를 줄 때, 나에게 지금 무엇이 필요한지 스스로 보살펴야 한다.

방전된 나에게 지금 필요한 것은 어쩌면, 채우는 것보다 비우며 삶을 재충전하는 것일지도 모른다. 쓸데없는 걱정을 비우고, 지나간 과거에 대한 후회 또한 과감히 내려놓는 것에서부터 건강한 삶은 만들어진다. 이것은 누구에게나 필요한 것이다. 건강이 허락되지 않은 삶이 무슨 소용 있을까? 내 삶의 풍요와 행복을 지켜줄 수 있는 건 건강뿐이다. 지금 나에게 가장 필요한 건 무엇일까?

잠시 내려놓고 쉬어간다고
남들보다 뒤처지는 건 아니잖아요.
그런데 그 무거운 짐을 지고
앞만 보고 나아가고 있나요.
잠시만 쉬었다 간다고
큰일 나는 건 아니잖아요.
건강하지 않은 삶에
어떤 미래가 과연 행복할 수 있을까요?
쉬고 싶으면 쉬어가요.
불안해하지 않아도 돼요.
각자 모든 사람은 자기만의 속도가 있으니까요.

타인의 걸음에 나를 맞출 필요가 없잖아요.
그러다 보면 나 자신은 끝도 없이 초라해지는 거예요.
그런 자신을 보며
'난 왜 이 모양일까'
자책하고 있나요.

한 사람의 인생에는 초라함도 있고,

실수도 있고, 실패도 있기 마련입니다.

그것을 받아들일 때

비로소 나에게 필요한 것을 찾게 될 테니까요.

매끈한 인생은 있을 수 없습니다.

그 어느 곳, 그 어디에도!

내려놓으세요. 비우세요.

가득 차 있는 그릇에

아무것도 담을 수 없잖아요.

비우고 내려놓고

진정으로 나에게 필요한 것들을 담으세요.

인생은 흘러가는 게 아니라

채워가는 것이라고도 했잖아요.

채워지기 위해 비워야 하는 건

진리라는 생각이 들어요.

마음의 찌꺼기를 모두 걸러내고

새로운 것을 담아 보아요.

걱정해서 걱정이 없어지면 걱정이 없겠네

아빠는 술을 좋아하셨다. 그때는 매일 술에 취한 채 퇴근하는 아빠가 너무나도 미워 보였다. 아빠가 그렇게 술에 취해 오실 시간이면 엄마는 옆집으로 잠시 몸을 피한다. 남은 우리만 아빠 시중을 든다고 바쁘다. 엄마까지 미웠다. 엄마가 항상 하던 이야기가 기억난다. "넌 절대 술 좋아하는 남자와 결혼하지 마라."

지금은 그런 아빠가 아주 조금은 이해가 된다. 개인의 자유가 허락되지 않은 그곳에서 뭘 해도 되는 일은 없고, 한 집안의 가장으로 다섯 식구나 되는 가족을 보살펴야 하니 힘들 수밖에 없었을 것이다. 지금도 그때 아빠의 모습을 생각하면 마음이 짠해진다. 넉넉하지 않은 집안 형편에 술을 마시겠다고 하는 아빠를 보는 엄마의 찌푸린 인상, 나는 그런 엄마 아빠 양쪽의 눈치를 보며 마음이 편치 않았다. 그 모든 것이 다 돈 때문이라고 생각했다. 돈 걱정 없이 잘 살고 싶었다. 그래서 아빠가 원하는 술이라도 마음껏 마시게 해 드렸으면 좋겠다고 생각도 했다. 왜 이렇게 살아야 하는지… 어린아이의 입에선 어울리지 않는 한숨소리만 나오곤 했다.

그땐 내가 너무 어려 부모님을 많이 이해하기 어려웠지만 지금은 아주 조금은 이해할 수 있을 것 같다. 비록 내가 원한 것은 아니었지만 아이를 낳고, 한 가정을 꾸려봤기에 지금은 그 삶에 대해 조금은 이해할 수 있게 되었다. 우리 인생이 꼭 내 마음대로 되는 건 아니라는 것을. 그렇기에 어쩌면 살아갈 이유가 있는지도 모른다는 생각이 든다. 역설적이지만 앞일을 모르기에 불안한 내 삶이 때론 기대가 되기도 한다. 살아가는 동안 또 어떤 먹구름이 나를 덮칠지 모르지만, 이제 더 이상 괴로워하지 않기로 했다. 내게 머물다 가는 사랑과 이별, 기쁨과 슬픔, 시련과 축복, 이 모든 것은 부정할 수 없는 내 삶의 일부이다.

차라리 삶의 의미가 뭔지 몰랐으면 어땠을까? 조금이나마 알아버린 삶이 가끔 허무하게 느껴지기도 한다. 아무튼 14년 동안 홀로 세상 밖을 방황하면서 알게 된 건 삶은 내 마음대로 되지 않는다는 것이다. 그리고 아무 걱정 없이 살아갈 수도 없다는 것이다. 아등바등 잘살아보겠다고 애쓰며, 자존심을 모두 내려놓아야 했던 그런 순간조차 욕심을 버릴 수 없었던… 지금은 자존심 따윈 모두 내려놓은 지 오래다. 이제는 자존감으로 나를 감싸 안아주며 내 인생의 날을 채워가고 있다.

욕심을 내려놓고 특별하지 않은 삶이라도, 마냥 웃으며 행복하게 살 수 있는 세상을 꿈꿔본다. 아무것도 모르던 여자 아이가 이렇게 글을 쓰는 것도 행복이 아닐 수는 없지. 지금 딱히 무언가 하지 않더라도 아무것도 안 해서 더 멋진 '나'일 수도 있으니까. 하고 싶은 대로 하며 살아도 괜찮아. 어차피 삶은 내 계획대로만 되는 게 아니니까.

 '죽을힘을 다 해 100% 최선을 다하자.' 이것만 내려놓아도 걱정의 반은 없어질 것 같다. 물론 걱정 없이 삶을 살 수는 없다. 노자는 자기 자신을 정복하는 사람은 위대한 자라고 했다. 그렇다면 자신을 정복한 사람이 되어 그 어떤 걱정도 나를 지배하지는 못하게 하는 건 어떨까?

걱정 없이 살고 싶다는 말은 누구나 하는 말이죠.
그런데 정작 걱정이라는 존재는
평생 나를 쫓아다녀요.
그런 걱정을 애써 내쫓지 말고 때론 그냥 놔두세요.
내가 쫓는다고 걱정이 도망가는 건 아니잖아요.
마치 일어나지도 않은 일을 일어난 것처럼
착각하며 걱정의 굴레에서 벗어나지 못하고 있나요.

가난을 탈출하고 싶다는 걱정
행복할 수 있을까 하는 걱정,
그렇지 못할까 하는 두려운 걱정
걱정은 끝이 없습니다.
이제 조금만 아주 조금만이라도 걱정을 내려놓아볼까요?
걱정도 그러고 보면 욕심인 것 같아요.
어쩌면 지나친 욕망을 품다 보면
걱정의 그늘이 생기게 됩니다.

하늘에 낀 검은 구름이 서서히 걷히듯
우리의 마음을 가리고 있는
검은 먹구름을 마음에서 걷어냅시다.

이토록 동정 없는 세상

요즘 나는 아침에 일어나 하는 일이 있다. 지나온 나의 모든 날에 감사하는 것이다. 눈을 뜨고 숨 호흡을 길게 한 번 두 번 쉬고 나면 저절로 마음이 편안해진다. 그러면서 지나 온 날들을 한번 돌아보게 된다. '나 지금 살아있는 거 맞지. 근데 말이야 이게 꿈은 아니겠지.' 지나온 모든 순간이 영화의 한 장면처럼 지나간 것 같다. 힘들다고 세상을 미워하고, 낳아 준 부모님을 원망하던 그 순간들이 언제 그랬냐는 듯 평온해졌다. 요즘은 새로 태어난 그런 느낌으로 하루하루를 살아간다.

예전에 나는 사람들을 만나면 이런 말을 자주 했다.

"나 한국에서 다시 태어나고 싶어요. 내가 한국에서 태어났다면 지금쯤 어떤 삶을 살지 너무 궁금해요."

"작가님 한국에서 태어나면 더 힘들어요. 작가님은 지금 누구보다 더 잘 살고 있잖아요. 우리는 오히려 작가님이 부러워."

"아 근데 저는 지난날 힘들었던 날들을 상상하는 게 너무 힘들어요. 그렇다고 그게 쉽게 잊을 수 있는 일이 아니잖아요."

이런 말을 했던 날조차 이제 내겐 소중한 기억으로 남게 되었다. 지금껏 살아온 날들에 대한 고마움을 느낄 수 있는 지금 이 순간이 행복하다. 슬픈 이별과 아픔, 상처들로 가득한 내 인생에 행복한 날은 있을 수 없다고 생각했다. 행복은 늘 나를 지키고 있었지만 그 행복을 받아들이지 않은 건 바로 나 자신이었다. 망망대해에 몸을 맡긴 채 희망의 등대를 찾아 떠난 나, 벌써 14년이라는 긴 시간이 훌쩍 지났다. 다시 돌아갈 곳 없어 앞만 보고 온 나. 지금까지 버텨 준 나에게 고맙다.

세상에 태어난 모든 이들은 인생이라는 거친 바다 위를 항해한다. 어둠이 없다면 빛은 존재할 수 없다. 세상만사 사는 게 귀찮다고 생각하는가? 지금 숨을 쉬고 있다면 숨 쉬는 것에 감사하자. 지금 당장 힘들지만 오늘 이 순간도 지나면 나의 과거가 된다. 어찌 되었든 오늘 하루하루가 모여서 내 인생이 된다. 이미 우리는 인생이라는 배를 탔다. 앞으로 가야만한다. 돌아갈 곳이 있다면 그곳이 어디든 다시 돌아가면 된다.

"근데 난 말이야 더 이상 돌아갈 곳이 없어. 그래서 이 길을 가야만 해."

우리 인생은 거침없는 파도와 같다. 바다 위에 춤추는 하얀 파도와 같은 인생을 만들어가자. 내 인생, 내 삶이 바다라면 오늘 하루, 지금 이 순간은 춤추는 하얀 파도와 같은 것이다. 거친 바다 위에 흰 파도처럼, 마음껏 춤추는 인생이 되어보면 어떨까?

이 길이 내 길일까, 저 길이 내 길일까.

아무리 고민해도 용기가 나지 않을 때가 있어요.

첫걸음을 내 딛기 두려운,

일단 한 걸음 내딛는 게 너무나 힘들어요.

하면 될 일을 할 수 없다고 단정 짓는 것도 어쩌면

한 걸음 내 딛기 두려워서 하는 핑계 아닐까요.

익숙한 일이 아니면 누구나 시작을 두려워합니다.

성큼 앞을 향해 내디딘 걸음이

구덩이에 빠지면 어떡하지

다시 빠져나올 수 없으면 어떡하지

고민하는 시간만 보내고 있나요.

인생이 바다라면 우리의 오늘은 파도와 같은 거지요.

될 때까지 하기로 스스로 약속했잖아요.

그런데 지금에 포기하면

수평선 위로 떠오르는 태양을 볼 수 없겠죠.

강철은 용광로 안에서 더 단단해진다고 합니다.

시련과 고통의 강을 건너야만

'나'라는 한 사람은 비로소 강해질 수 있습니다.

숨 쉬는 거 배고 다 거짓말

"작가님 전 왜 요즘 들어 사람들을 믿지 못하겠어요."

"믿음이 원래 깨지면 아픈 거잖아요."

"그래서 그럴까요? 아무튼 요즘은 생각도 많아지고 그렇네요."

"믿음이란 애초에 없는 게 아닐까요? 그걸 믿으려 하니까 힘든 거고요."

"맞는 것 같아요."

"자기 자신을 믿는 것이 가장 현명한 방법 아닐까요? 자기 믿음 아닌 걸 믿기 때문에 배신이라는 걸 당하는 것 같아요."

"진짜 맞는 말이예요. 그래서 이제 나 자신을 믿기로 했어요."

"잘하셨어요. 우리 파이팅해봐요!"

그렇다. 애초에 믿음이란 없어야 맞는 거다. 믿음을 강요하는 것에서부터 배신이라는 상처의 꽃은 피어난다. 강연장을 다니다 보면 자신이 살아온 삶과 믿음을 타인에게 무작정 강요하는 사람도 있다. 강요가 통하는 시대는 지났다. 이제 욜로 라이프(YOLO life) 시대다. 믿음의 시작은 배신으로 끝날 확률이 높다. 힘들다고 함부로 이 사람 저 사람 찾아다니는 것도 그리 좋은 일은 아니라고 생각한다. 힘들다고 마음을 마구 터놓는 순간부터 걱정은 시작된다. 집에 가 잠자리에 들면 폭풍 같은 후회가 밀려온다. 내가 괜한 소리를 했나? 혹시 내가 한 말이 다른 사람에게 이상하게 비치진 않았을까? 그렇게 걱정을 가득 채운 채 잠들어 버린다.

지나간 과거와 지금의 현실, 다가올 미래를 살아가는 불안함 때문에 마음에도 없는 말과 행동을 종종 한다. 하지만 시간이 지나면 남는 건 후회뿐이다. 지금 힘든 거 충분히 이해한다. '뭘 얼마나 이해하는데. 나 자신의 삶도 어떻게 흘러갈지 예측할 수 없는데, 다른 한 사람의 삶을 이해하면 얼마나 이해할 수 있을까? 어떻게, 어디까지 이해할 수 있을까?'

중학생 시절 아빠는 자주 이런 말씀을 하셨다. "한 사람의 인생이나 가정의 문제는 대통령도 풀 수 없어." 가정 문제뿐이 아닌 것 같다. 우리 삶에서 일어나는 모든 일들은 예측할 수 없는 것 투성이다. 조용하던 하늘에 갑자기 흐리고 비가 오고, 태풍이 지나는 것처럼 말이다. 인생은 폭풍을 헤쳐 나가는 과정이다. 하지만 너무 겁내지 말자. 그 또한 언젠가는 지나가기 때문이다. 한 가지 당부하고 싶은 것은 결국 마지막까지 나를 지켜줄 사람은 오직 나 자신뿐이라는 것이다. 나 아닌 사람에, 혹은 어떤 대상에 너무 의존하지 말아야 한다는 것이다. 그 의존이 깊어질수록 결국 나만 힘들어질 테니까.

스스로의 의지를 믿어야 한다. 내면의 믿음이 없으면 그 어떤 믿음도 깨지게 된다. 그리고 100% 믿음이란 있을 수 없는 일이다. 내가 바라는 세상을 스스로 찾아 가자. 위대한 사람은 다른 사람이 생각하지 못한 걸 자기만의 방식으로 찾아낸다. 스스로 찾아낸 능력을 잘 활용해 그들 앞에 막아선 장애물을 넘어선 것이다. 자기 믿음은 이렇듯 생각을 창조하게 만드는 힘을 갖고 있다.

　계속 불안해하면서 누군가에게 자신의 생각을 맡기고 있다면 이제 자신을 믿을 때다. 남의 생각만을 믿고 자신의 생각을 스스로 창조할 수 없다면 이룰 수 있는 것은 아무것도 없다.

다른 사람의 생각을 추측하려 하지도 말아야 합니다.

생각은 서로 같을 수 없습니다.

아무리 노력해도 내가 타인이 될 수 없습니다.

마찬가지로 누군가가 나의 생각을 잘 포장해서

나에게 좋은 소리로 들리게 말해줄 거라는

생각도 버려야 합니다.

내가 상대방을 알 수 없듯이

상대방도 나의 감정을 100% 온전히 알 수 없습니다.

내가 아무리 진심으로 상대방을 대한다 해도

100% 의심이 들지 않을 수도 없어요.

믿는 도끼에 발등 찍힌다는 말이

괜히 나온 말이 아니에요.

냉정하게 들릴지도 몰라요.

하지만 타인을 너무 믿고

자신을 남에게 의지하지 않았으면 해요.

그녀가 움직이기 시작했다

"야, 그만둬. 우리 같은 사람이 뭘 하겠어. 그냥 평범하게 살자. 조용히 쥐 죽은 듯 사는 게 최고야."

그렇다면 평범한 삶은 가만히 있어도 이루어지는 걸까? 한 국에 처음 와서 나 또한 평범하게 살기를 원했다. 회사에서 주 는 월급 받으며 저축도 하며 안정적인 삶을 살기를 원했다. 하 지만 내 바람과는 달리 하루, 한 달 그리고 1년이 지나도 내게

는 그 평범함조차 허락되지 않았다. 회사에서 받는 월급으로
는 생활이 너무 어려웠다. 게다가 북에 계신 부모님께 용돈을
보내면 받은 월급이 얼마 남지 않게 되었다.

"이건 내가 원한 평범함이 아닌데. 좀 힘들더라도 내가 잘
할 수 있고, 하고 싶은 일을 하자."

하지만 하고 싶은 것도 이곳에선 모두 돈이 있어야 가능한
것이었다. 가게를 내려고 해도 큰돈이 필요했다. 어디서나 돈
걱정은 평생 따라다니는가 보다. 이럴 바엔 용기 내어 내 꿈
을 이루어보자. '용기 내어 북한을 벗어나 여기까지 잘 왔잖
아. 앞으로도 잘할 수 있을 거야.' 꿈의 씨앗을 심고 '그럼에
도 정신'으로 무엇이든 도전하기로 했다. 책 쓰기 전에는 '책
한권만 쓰면 그만둬야지.' 했지만 꿈 너머 꿈은 계속되었다.

내 책을 보고 연락 오는 독자들과 소통하고, 블로그와 인스
타그램에 일상과 동기부여 글을 올리며 사람들과 인사를 나
눴다. 단 한 사람이라도 좋으니 내 글을 읽고 희망을 품는다
면 내가 하는 이 일을 그만두지 말자며 열심히 희망의 메시지

를 전했다. 다행히 내 글을 보고 같이 공감해주는 분들이 계신 덕에 내 열정을 식어가지 않았다. '누가 뭐래도, 그럼에도 나는 한다.' 내가 하는 일에 스스로 가치를 부여하지 않으면 어느 순간 포기하게 될지도 모를 일이었다.

이제 와 멈추기에는 난 너무 멀리와 버렸다. 멈추는 것도 내 선택이고 나아가는 것도 내 몫이다. 선택할 수 없는 것 또한 내 선택이고. 끝까지 나는 해보기로 했다. 넘어지면 툭툭 털고 일어서기로 했다. 넘어진 그 자리가 걸림돌이 아닌 디딤돌로 만들어 보기로 했다. 지금 있는 이곳이 항상 시작의 출발점으로 삼기로 했다. 기회는 지금 내가 하는 행동 속에 들어있다. 움직이고 행동하지 않으면 아무 기회도 찾아오지 않는다. 높은 나무에 달려 있는 과일을 따기 위해선 사다리를 놓고 올라야만 한다. 나무 그늘 아래 가만히 앉아 있다고 열매가 절로 떨어지는 것은 아니다. 올라가 열매를 딸지 않아서 기다릴지에 대한 선택은 내가 하는 것이다.

앞으로 나아가는 길에 내가 바라지 않는 일들이 생길 수도 있다. 그럴 때는 잠시 멈춰서 나 자신이 무엇을 바라고 있는지 알고 가는 것이 중요하다. 내가 생각하고 추진했던 일이 기대에 미치지 못할 때 우리는 좌절한다. 그러나 좌절의 건너편에 나를 반겨줄 성공의 문을 바라본다면 그 좌절을 이겨낼 수 있는 힘이 생겨나기도 한다. 모든 것은 내 생각에서부터 현실이 되는 것이다. 세상을 원망해도 아무 소용없다.

드라마를 봐도 늘 주인공은 많은 시련과 고민을 가지고 살아간다. 우리 인생도 그와 마찬가지라고 생각한다. 지금 내가 서 있는 결과보다는 지금껏 고통과 시련의 장벽을 넘어온 그 과정이 내 인생에 있어 가장 중요하다는 사실을…

그래서 힘들어도 포기하지 않을 겁니다.
누구나 성공을 바라고 풍요를 바라요.
그러나 내가 바라는 부와 성공은
그 과정으로 가는 길에 내가 포기냐 멈춤이냐
이것이 무엇보다 중요한 겁니다.

어떤 시련과 실패의 연속을 마주한다고 해도
그럼에도 하기로 한다면 결국
성공이 두 팔 벌려 나를 반길 테니까요.
그때 당당하게 외쳐보면 어떨까요.
'그럼에도 나는 해냈다고.'

어떤 하루는 실망하는 날이 될 것이고
또 어떤 하루는 실패의 날이 될 것이고
그다음 날 또한 좌절의 날이 될 수 있습니다.
그럼에도 포기하지 않는다면 그다음 하루는
성공하는 멋진 하루가 될 것입니다.

세상을 들었다 놨다

책 읽는 것이 좋아진 것은 그리 오래되지 않는다. 예전의 나는 책을 펼치면 동시에 꿈나라도 펼쳐졌다. '책 따위는 읽어서 뭐하겠어, 독서가 돈 벌어주는 것도 아니잖아. 이제 와서 내가 대학을 가겠어 뭘 하겠어.' 이렇게 나는 책과는 거리가 한참 멀었다. 그러던 어느 날 우연히 나폴레온 힐의 〈놓치고 싶지 않은 나의 꿈 나의 인생〉을 읽게 되었다. 그 책을 읽는 내내 힘들다고 투덜거리던 내가 한없이 부끄러워지기 시작했다.

"그래 맞아. 지금껏 뭔가를 하겠다고 머릿속으로만 생각만 했지 행동으로 옮긴 건 거의 없었네." 그동안 나는 말로만 성공을 외치고 있었다. 남 탓도 무지하게 많이 했다. 그 후로 난 서점에 자주 들러 양손 가득 책을 사들고 집으로 돌아오는 날이 많았다. 책 읽는 재미에 점점 빠지게 된 것이다. 물론 당장 책을 읽는다고 바로 어떤 경제적인 풍요를 가져다주는 건 아니었다. 하지만 확실한 건 마음이 단단해지고 저자들의 삶을 통해 지혜를 얻을 수 있었다.

내 첫 책이 나오자 여러 교회에서 문자가 왔다.

"혹시 교회 믿으세요? 하나님 믿으세요. 예수 믿으세요."

북에 있을 때 나는 자유가 허락되지 않은 삶을 살았었다. 그래서인지 아무리 힘들어도 나 아닌 무언가를 믿고 싶다는 생각은 들지 않았다. 그렇게 어떤 종교에서 오는 문자를 거절하기 바빴다. 나를 믿는 삶을 살고 싶었다. 힘들 땐 모든 걸 포기하고 싶었지만, 그래도 나를 믿겠다는 신념은 버리지 않았다.

중국을 떠돌며 언제 북한으로 다시 이송될지 모를 날들을 보내야 했지만 기댈 곳을 찾겠다는 생각은 하지 않았다. 어떤 기댈 곳을 찾는다는 것은 그만큼 내 마음이 홀로 설 수 없는 상태라는 뜻이다. 다행히도 지금까지 내 꿈길을 걷는데 유일한 벗이 되어 준 건 다름 아닌 책과 나 자신이었다.

자본주의 경쟁 사회인 대한민국에 내가 설 자리는 없다는 생각이 깊어지자 나는 어쩔 수 없이 괴로움을 느꼈다. 한국 대학에서는 무엇을 배우는지, 대학을 졸업해도 취업이 힘들다는 대기업에서는 어떤 일을 하는지 이것저것 궁금했다. 하지만 궁금해도 탈북자라는 신분을 들키고 싶지 않아 참고 혼자 지내는 날을 더 많이 가졌다. 거의 유일한 탈출구였던 서점에 가서 책 보는 것에 더 열중했다. 짬이 나는 대로 하루에 단 한 줄이라도 책을 읽었다. 지금도 교보문고 같은 대형 서점에 가서 책을 읽거나 읽고 싶은 책을 사들고 집에 올 때가 가장 행복하다. 독서를 한다는 것은 내가 모르는 세상 사람들과 소통하는 것이다. 책 속에 저자의 삶을 간접 체험하며 공감하고 그와 이야기를 나누게 된다. '나도 예전에는 저자와 비슷한 삶을 살았는데…' 그렇게 책 속의 저자를 부러워하기도 했다.

하지만 꼭 좋은 대학을 나와야만 멋진 삶을 살 수 있는 것은 아니다. 내게 머무는 시간의 소중함을 느낀다면 충분히 나로 사는 기쁨과 충만함을 느낄 수 있다. 사랑하는 사람과 결혼해서 아이를 낳고 엄마가 되고 아빠가 되는 것, 이런 과정을 우리는 어떤 학업을 통해 완벽하게 준비하고 가는 건 아니다. 아무것도 모른 채 결혼을 하게 되고, 여자는 아이를 출산하는 고통스러운 과정을 거쳐야 비로소 세상의 위대한 엄마가 된다.

견딜 수 없는 고통의 순간을 겪고 나면 그 모든 것이 내가 성장하는 과정이었다는 것을 몸으로 깨닫게 된다. 지금 힘든 상황에 있다면 하루 한 문장이라도 좋으니 독서를 통해 나 자신을 한 번 더 돌아보는 시간을 가져보는 것도 좋은 방법이라 생각한다. 스스로 일어서는 힘, 나를 믿는 힘만큼 더 효과적인 방법은 없다고 생각한다. 독서는 나에게 새로운 삶의 길을 안내해주었다. 그 길을 따라 한 걸음 한 걸음 오늘도 조금 더 성장하는 날이 되어본다.

아이러니하게도 나와 가장 가까운 사람들이
나의 꿈을 방해하는 말들을 많이 하죠.
가장 안정적이고 평범한 삶을 선택하기를 원하죠.
왜 그럼 평범함과 안정을 추구할까?
혼자 한동안 고민에 빠져있었어요.
그러다 깨닫게 된 건 꿈을 이루는 게
그리 쉬운 일이 아니라는 거예요.

어릴 때 내가 꿈꾸었던 삶이 그대로
나에게 나타나지 않기 때문이죠.
꿈꾸었던 나의 모습과 정 반대인 삶이 되어버린 지금
다시 꿈에 도전하는 걸 미리 포기해 버린 건 아닌지,
생각했던 자신의 모습보다 초라한 지금의 모습에
실망하고 좌절하고 있나요.

어쩌면 나와 비슷한 상황에서 성공한 사람들은

자신의 생각으로 모든 걸 결정짓고

결단력 있는 행동을 했을지도 모릅니다.

내 생각에 따라 좋은 일도 나쁜 일도 일어나는 겁니다.

내 앞에 놓인 상황을

조금만 생각을 바꾸어 바라보는 건 어떨까요?

세상은 변하지 않습니다.

변해야 할 사람은 오직 나 자신입니다.

꿈, 그리고 당신에게 필요한 용기

고작 한 두 번의 실패로 꿈을 포기한다면 너무 안타까운 일이다. 당신이 꿈꾸는 미래로 가는 길에 꽃만 뿌려져 있지는 않다. 희망을 가진다는 의미는 고된 길을 선택한다는 것과 같을지도 모르겠다. 꿈을 향해 가다 보면 생각지도 못한 고통이 따르게 된다. 사람에게 상처를 받는 것은 기본이고 배신을 당하기도 한다. 가슴에 비수가 되는 비난의 목소리를 들을 수도 있다. 미쳤다는 소리를 들을 수도 있다. 그러나 이 모든 과정을 극복할 수 없다면 꿈은 말 그대로 꿈으로 그치게 된다. 내가 가고자 하는 저 끝엔 무엇이 나를 반길까? 가는 길에 빨간 신호등이 켜질 수도 있고, 녹색 신호등이 켜질 수도 있다. 꿈을 꾸는 것은 내비게이션에 목적지를 설정하고 그곳을 향해 액셀과 브레이크를 밟으며 나아가는 일이다. 내가 정한 길을 고속도로라 생각한다면 어느 차선으로 달릴지는 운전대를 잡은 나에게 선택권이 있다.

지금도 나는 미쳤다는 소리를 종종 듣는다. 친구는 종종 내게 이런 말을 한다.

"너, 이제 제발 좀 그만해라. 내가 인정할게. 너 진짜 미쳤다."

"그래 나 미쳤어. 인생 한 번 살지 두 번은 못 살아. 하고 싶은 건 다 해봐야 안 되겠니?"

내가 어떤 마음으로 보느냐에 따라 세상은 어둡게도, 빛나게도 보인다. 꿈이 없던 예전의 나는 온통 먹물처럼 어둡게 세상이 보였다. 하루하루가 지겨웠다. '왜 시간이 이렇게 안

가지. 아! 지겹다. 모르겠다. 잠이나 더 자자.' 그렇게 일어나면 이미 하루가 훌쩍 지나가 버린다. 세상만사가 귀찮았다.

힘들지만 꿈이 있는 지금은 새벽 4시 반이면 저절로 눈이 떠진다. 대단한 삶을 살기 위해서도 아니다. 그저 내가 원하는 삶에 한 발씩 다가가며 사는 지금이 즐겁고 행복할 뿐이다. 지금의 이 감정을 누군가와 나누고 싶은 마음이 들 정도로 말이다. 지금 이 순간 내 솔직한 마음이다. 삶이란 원래 불확실한 것이다. 불확실한 삶을 내가 어떻게 받아들이는지에 따라 행불행이 따르게 된다. 내가 원하는 삶의 의미와 목적이 무엇인지를 알고 내게 오는 어떤 상황도 받아들일 수 있을 때, 비로소 내 마음에 자라는 잡초는 하나씩 잘려 나가게 된다. 받은 상처 때문에 배신감 때문에 안 좋은 감정이 밀려올 때, 머리를 끄덕이며 '음~ 그럴 수도 있지.'라고 편하게 받아들일 수 있다.

마음에 자라고 있는 잡초를 모두 잘라내고, 이제 내 꿈에 날개를 달아보자. 날아오를 준비가 되었다면… 꿈은 애타게 주인을 찾고 있다. 내가 무시하면 나의 꿈은 다른 누군가를 찾게 된다. 내가 포기했던 꿈을 일을 누군가가 이루었을 때 난 어떤 생각이 들까? 애써 변명거리를 찾을 것인가? 꿈을 포기하는데 가장 좋은 방법은 핑계와 변명을 찾는 일이다. 포기하는 것을 포기한다면 어떤 꿈도 이룰 수 있지 않을까?

"행복의 열쇠는 꿈을 갖는 것이고, 성공의 열쇠는 꿈을 실현하는 것이다."

꿈을 갖고 행복의 열쇠로 성공의 문을 열어가자.

새로운 변화에 익숙해져야 해요.

꿈을 이루기 위해

만나는 사람과 환경은 무엇보다 중요합니다.

낡은 가지에는 열매가 잘 맺히지 않습니다.

정 때문에 인연이 아니란 걸 알면서

억지로 끌고 가나요.

때로는 냉정해야 자기 자신을 지킬 수 있어요.

정작 나 자신이 힘들 때

내 옆에 남아있는 사람은 그리 많지 않습니다.

그때 이런 말을 할 거잖아요.

'나는 저 사람이 힘들 때 옆에 있어줬는데

저 사람은 왜 나한테 등 돌리지.'

사람의 마음은 나와 같을 수 없어요.

때로는 과감하고 용기 있는 행동이
내 삶을 온전히 이끌어갈 수 있어요.
꿈을 향해 걷다 보면 나와 비슷한 생각과
에너지를 가진 사람들이 있습니다.
그들과 함께 계속 새로운 것에
도전하고 익숙해져야
새로운 경험과 새로운 세계를 볼 수 있는
안목이 생겨나요.

새로운 변화 새로운 도전, 당신의 꿈을 응원합니다.

이제 '포기'는 지긋지긋해요

　'이대로 그냥 포기할까? 좋은 날이 올 꺼라 믿는 내 생각이 잘못된 걸 거야, 그러니 돌아가서 원래대로 살자. 그게 정답이야.'

　'그래 맞아. 내가 뭘 한다고, 잘난 척하지 말자. 남들이 나를 비웃기라도 하면 어떡해. 괜히 나섰다가 하지 못하면 사람들 볼 면목도 없잖아. 그럼 나는 또 외톨이가 되는 거잖아.'

　이런저런 생각이 머리를 떠나지 않는다. 한다고 했다가 포기했을 때 내 주변 사람들의 시선과 스스로 한 약속을 지키지 못한다는 죄책감이 들어 너무 못나 보이는 것 같은 기분이 드는 날이 있다. '그래도 하고 싶으면 그 누구에게도 알리지 않고 몰래 해야지. 그러면 적어도 외톨이가 될 일은 없으니까…' 그렇게 아무도 몰래 하고 싶은 걸 하다가 포기하고 아무 일 없었던 것처럼 행동할 때도 있었다.

　잠깐이라도 긴장을 놓으면, 다른 사람에게 뒤처질까 부지런히 따라가기만 하는… 아무리 따라가도 내가 지금 어디를 가고 있는지 조차 모를 때도 있었다. 그렇다고 함부로 누군가를 믿는 것도 힘들었다. 정말 진심이란 게 있을까? 내가 어떤 행동을 해야 저 사람에게 진심으로 보여 질까? 함부로 믿었다가 상처 받으면 어떡하지, 더 이상 받을 상처도 없지만… '그래도 더 이상의 상처는 싫어. 그러니 너무 가까이 다가가지 말자. 마음 주지도 말자. 어쩌면 나는 지금 혼자 있는 시간이 필요할지도 몰라. 할 만큼 했으니 이제 그만하자.' 그럼에도 몸에서 긴장과 힘은 뺄 수가 없었다. 한번 넘겨졌다 다시 일어서는 것이 두려워 선뜻 앞에 발을 내딛지 못할 때도 있었다.

내가 쓰고 있는 원고를 거의 완성할 무렵 나는 꼭 이런 생각을 했다. '이제 마지막이다. 이제 더 이상 아무것도 하지 않을 거야. 이렇게 힘든 줄 알았다면 나 시작도 안 했을 텐데.' 이처럼 포기 하기란 너무나도 쉽다. 도전과 포기 중 훨씬 쉬운 길은 당연히 포기다. 지금 살던 그대로 또 살면 되기 때문이다. 생각이 멈추면 몸이 편해질 거라 생각한다. 하지만 생각은 멈출 수 없다. 이왕 생각하며 살아야 한다면 창조적으로 생각해보는 것은 어떨까? 이왕 꾸는 꿈, 큰 꿈을 꾸는 건 어떨까?

우리가 자전거를 배울 때를 떠올려 보자. 몇 번이고 넘어지면서 배운다. 하물며 내가 하고 싶은 일을 하는데 처음부터 만족한 결과를 바라고 있는 건 아닌지, 아무것도 하지 않으면 정말 아무 일도 일어나지 않는다. 아니, 어쩌면 더 안 좋은 일이 생길 수도 있다. 모든 시련 뒤에는 기회라는 문이 열려 있다. 그 문으로 들어가기 위해 지금 약간의 고난을 이겨 낼 준비는 되어있어야 한다.

자기 자신에게 조금만 너그럽게 대하고 정상으로 향하는 여정을 즐기는 것이다. 즐겁지 않은 여행은 아무리 좋은 곳이라도 행복하지 않다. 지금 내가 가고 있는 길이 아닌 걸 알면, 때로는 과감히 돌아서는 용기도 필요하다. 아닌 일에 미련을 남기면 그 일을 한다고 해도 성과가 그리 좋지 않기 때문이다. 일을 하는 과정이 행복하지 않다면 좋은 결과가 나올 수 없다.

어쨌거나 이제 나는 포기가 두려워졌다. 하마터면 포기할 뻔했다.

살아가면서 미쳤다는 소리
한 번쯤은 들어도 괜찮습니다.
마음가짐에 따라 내 인생이 결정되니까요.
큰 마음먹고 도전한 일도 삼일 만에 그만두면
아무것도 아니게 됩니다.
작심삼일이라는 말도 있잖아요.
삼일마다 새롭게 시도를 하면
일생동안 나는 아마 수많은 경험을 하게 될 거예요.

때로는 아무것도 모른 채
용기 하나로 도전한 일이 성공했을 때
그것보다 더 행복한 일이 어디 있을까요.
너무 아는 척할 필요도 없이
꾸준히 자기 자신을 믿고 나아가면 됩니다.

인생은 한 번 뿐이잖아요.
소중한 내 인생을
타인의 삶에 끌려 다니지 말아요.
내 생각과 감정을
주도적으로 이끌 수 있어야 합니다.
그래야 남의 말에 흔들리지 않게 됩니다.

아직 살아가야 할 날이 더 많이 남았는데
벌써 포기하기에는 너무 이르잖아요.
하마터면 포기할 뻔했잖아요.
지금 시작해도 늦지 않았어요.
응원할게요. 무엇이든…

당신만의 오아시스를 찾고 있나요?

답답하다. 내 쉬는 한숨에 땅이 꺼질 것 같다. 언제면 내 인생에 해 뜰 날이 올까? 나도 좋은 환경에서 자라 돈 걱정 없이 살았으면 좋겠다. 그러면 이렇게 힘든 삶을 살지 않아도 될 텐데 말이야.

내 상황을 인정하고 싶지 않을 때, 한심하다고 생각할 때가 있다. 지금은 다행히 마음이 단단해졌기에 더 이상 저런 생각을 하진 않는다. 꿈을 꾸는 것은 곧 나를 찾는 일이다. 내가 처한 현실을 받아들이지 않는다면 부정의 울타리를 벗어날 수 없다. 꿈을 이루기 위해 고통과 시련의 문을 통과해야한다. 넘어진 자리에서 다시 한번 일어설 용기가 있어야 한다.

내가 원하는 길을 걷다 생각지도 못한 고통과 시련을 마주할 때, 그 고통 뒤엔 지금보다 나은 무언가가 있다는 생각으로마음을 다 잡아야 한다. 설사 내가 원한 것이 없다고 할지라도 말이다. 마음을 다 잡으면 고생은 결국 보석이 되어 나를빛내줄 것이다. 지금 겪는 고난은 아직 다듬어지지 않은 원석이라고 생각해보자. 흔들리는 마음을 가다듬고 중심을 잃지않는 것이 중요하다.

"그런데 어떡하지. 난 다시 태어난다면 고생은 하고 싶지않아. 고생 그거 진짜 힘든 걸 알거든."

내가 왔던 길을 다시 돌아가라면 다시 돌아가고 싶지 않다.'나 참 양심 없지, 그런 날들이 있었기에 오늘 같은 날이 왔잖아.' 그래! 맞는 말일 수도 있겠다. 목숨을 걸지 않으면 넘을 수 없는 두만강, 중국의 시골 마을을 탈출할 때의 용기, 중국과 라오스 국경을 넘을 때, 두렵지만 가야만 하는, 이런 순간들은 어느 곳에서도 경험해볼 수 없는 일이다. 나는 그동안 그 누구도 할 수 없는 일을 해왔다. 나는 대단하다. 짜릿한 두려움, 그 속에 감춰진 용기와 실천하는 삶이야말로 진정한 모험이 아닐 수 없다.

이 모든 것은 고생이라는 거친 파도를 타고 힘든 순간에도 내 손을 놓지 않았기에 가능한 일이었다. 내가 선택한 이 길의 끝에서 무엇을 발견할지 나조차 알 수 없는 일이다. 하지만 자신 있게 말할 수 있는 건, 나는 고생 끝에 꿈을 찾게 되었다. '내게는 꿈이 없는 줄 알았잖아.' 북한에서 태어나지 않았다면 나는 내 꿈이, 그리고 자유가 이토록 소중한지 아마 몰랐을 것이다. 고생을 이겨낸 자만이 그 느낌을 알 수 있다. 꿈으로 디자인하는 인생에 또다시 절망이 찾아온대도 나는 절망을 거절한다. 과거의 고생을 들먹이며 지금 이 순간을 아무것도 하지 않고 보낸다면 미래는 지금의 내 모습 그대로일 것이다.

살아가는 모든 날을 도전과 용기로 칠해보자. 지금껏 나는 서투른 걸음으로 여기까지 왔다. 산다는 게 원래 그런 거니까. 내가 살아온 서툴고 아마추어 같은 날이 오늘의 나를 만들어 주었다. 고생을 사서 하라고 말하고 싶지는 않다. 고생이란 게 참 힘든 거니까. 하지만 어느 날 갑자기 찾아온 고통 앞에 숨지는 말자. 대신 헤쳐 나가는 법을 배우면 된다. 나의 삶을 완성할 수 있는 건 누구도 아닌 나 자신뿐이다. 전쟁 같은 삶 앞에 무릎 꿇는 비겁한 사람이 되지 말자. 용기 있는 삶의 주인이 되자.

꿈은 너무나 소중합니다.

꿈이 없는 삶은 살아 있는 삶이라 할 수 없습니다.

꿈이라는 짧은 단어 안에는 많은 것이 숨겨져 있습니다.

꿈을 향해 나아가는 그들의 땀과 노력은

결국 헛되지 않을 거예요.

자신의 꿈이 분명 빛을 발하는 날이 오게 된다는 걸

믿으면 됩니다.

지금이 조금 힘들어도 참고 인내하는 겁니다.

드라마, 영화 속 화려한 성공과 행복에

자신을 너무 몰아가지 마세요.

작지만 나의 꿈나무에 행복의 물을 줄 때 비로소

진정한 성공의 열매를 맛볼 수 있습니다.

될 때까지 했지만 기대한 결과가 나지 않아 실망했나요.

하는 동안 내가 한 노력은 왜 생각하지 않나요.

하면 된다는 말을 한번 믿어보면 어떨까요.

나의 소중한 꿈이 보이지 않는 안갯속에

그냥 사라지게 놔두면 안 되잖아요.

말 뒤에 숨어있는 혀

'나 이번엔 진심이야.' 살아가며 다른 사람들에게 자주 하
는 말 중에 하나다. 진심이라 우기며 다가가기보다 오히려 자
연스럽게 다가가는 것이 관계를 더 오래 유지시켜 줄 수도 있
다. 진심으로 다가갔다 마음에 상처 자국만 남긴 기억은 누구
에게나 있다. 나 역시 뻔한 거짓말이지만 누군가를 대할 때 늘
진심으로 대하려 노력했다. 하지만 역시 믿음 뒤에는 배신이
라는 얄미운 친구가 숨어있었다.

애써 진심이기보다 자연스러움, 아니면 적당한 선을 긋는 것이 마음 다칠 일을 덜 만든다. '나만큼은 진심으로 사랑할 거야, 나만큼은 이 마음 끝까지 변치 않을 거야.' 난 이 말이 의미 없다고 생각하며 때로는 지겹게 들리기도 한다. 남과 여가 처음 만날 때는 둘이 백 년 천 년이라도 사귈 듯 있는 말 없는 말 다해 서로에게 다가간다. 물론 다 그런 것은 아니지만 시간이 갈수록 '나 이 사람 괜히 만난 것 같아. 지금 와서 어떻게 헤어지자고 말을 할까, 말까? 아, 몰라. 아무튼 나 싫어졌어.' 이렇게 둘 사이에 점점 말수도 적어지고 서먹서먹해진다.

결혼하기 전에는 '나 결혼하면 너 하고 싶다는 거 다 해줄게. 그리고 난 항상 네 편이야. 알지?' 왜 꼭 이런 소리를 하는지, 그런 소리를 안 하고도 얼마든지 잘 해줄 수 있을 텐데 말이다. 물론 분위기상, 그리고 그 사람의 마음을 얻기 위해 필요하기도 하지만. 문제는 그런 말을 끝까지 책임지지 못하는 데에서 발생한다. 심지어는 '이게 다 너 때문이야.'라는 말까지도 뱉는다.

지금 갓 연애를 하는 사람들에게는 미안한 말이지만 말이다. 물론 다 그렇다는 것은 아니다. 사람 마음이 원래 그렇다는 걸 알면 아무것도 아닌 일인데, '이해'라는 말이 왜 나왔는지 이제 알 것 같다. 이제 나는 진심보다, 이해하려고 애쓰는 편이다. 그게 훨씬 마음이 편하니까…

'너'와 '내'가 다르다는 걸 인정하면 뻔한 거짓말도 이해로 받아들일 수 있게 된다. 그리고 주제넘지만 하나 조언하자면 진심이라고 하는 말에 너무 마음을 기대지 않았으면 좋겠다. '그러다 나만 다쳐' 믿음과 진실이라는 말에 너무 귀 기울이지 말자. 세상에는 진실이 그렇게 많지 않다는 걸 나는 알게되었다. 누군가를 위한다고 하는 말이 나는 진심으로 와 닿지 않을 때가 많다. 그렇다고 그런 일에 신경 쓰며 나의 시간을 보내기에는 시간이 너무 아깝지 않은가.

세미나나 강연장 같은 곳에 가면 이타적인 말을 하는 것을 흔히 볼 수 있다. 그런 곳에 가서 나의 행복을 이야기하면 누군가는 분명 질투할지도 모르겠다. 또 아픔을 이야기하고 나의 나약한 면을 드러내면 그것을 이용하는 이들도 분명 있을 것이다. 현실에 눈을 뜨고 살아가기 위해 무작정 착하게 보다 단호하고 강해져야 한다. 뻔한 거짓말에 속는 것 또한 누구의 잘못도 아닌 나의 잘못이다. 뒤돌아서 백날 후회해도 결국엔 나의 잘못된 선택이라는 걸 깨닫게 된다.

너무 가깝지도 너무 멀지도 않은 적당한 사이가 더 좋은 인연을 만들어 준다. 지나친 오지랖 때문에 받은 상처라면 누구의 탓을 해도 아무 소용없다. 나를 필요로 하지 않는 곳에서는 내가 아무리 애를 써도 내 존재는 빛을 발할 수 없게 된다. 그보다는 진심으로 나를 필요로 하는 곳에서 내 힘으로 누군가를 일으켜 주는 것이 낫다.

자신만이 알고 있는 뻔한 거짓말로

누군가를 이용하고 있나요.

마음 다칠 사람은 생각하지 않고 말이에요.

다친 사람은 어쩌면 평생 상처에 아파할 수 있잖아요.

성격이 긍정적인 사람은 시간이 지나면 잊어버릴 수 있어요.

하지만 사람은 자기만의 마음의 문이 있어요.

그 문이 한번 굳게 닫히면 다시 열지 못하는 사람도 있어요.

잘 포장된 말로 타인의 간절함을 이용한다면

언젠가는 그에 대한 벌을 받게 됩니다.

다양한 사람이 모여 사는 세상에

다양한 생각이 있기 마련이죠.

그런데 너무 이기적이면 결국에는 자기 자신만 다치게 되죠.

자신의 생각을 일방적으로 강요하지 말아요.

듣는 사람 또한 마음의 중심에 항상 자신을 두세요.

일을 그르친 뒤 아무리 하소연해도 소용없어요.

언제나 나를 보호해줄 사람은

나 자신이란 걸 잊지 말길 바랄게요.

심장에 묻은 행복의 맹세

돌이켜보면 나는 행복에 대해 깊이 생각해 본 적이 없었다. 사람들이 말하는 행복, 과연 어떤 게 진짜 행복일까? 나는 지금 행복하지 않은데, 그리고 나는 행복하면 안 된다고 생각했다. 부모형제와 자식을 두고 떠난 내가 행복하면 죄를 짓는 것이라고까지 생각했다. 그렇게 혼자 죄책감에 시달렸다. 마음의 바닥을 헤매며 오는 행복마저 떠나보낸 건 나 자신이었다. 행복을 받아들일 시도도 해보지 않은 채 거부만 했다. 당연히 나는 행복을 선택하면 안 된다는 생각으로 살았다. 그런 나의 선택이 결국 나에게서 행복을 멀리 떠나보내게 했다.

　나의 삶이지만 받아들일 수 없었다. 내 삶을 인정하는데 까지는 많은 시간이 걸렸다. 나는 착한 딸이 되고 싶었고, 훌륭한 엄마가 되고 싶었다. 아무것도 할 수 없는 나 자신이 미워서, 행복에도 사랑에도 벽을 치고 살아왔다. '나는 어떤 사람일까? 내가 지금 행복해도 될까?' 나는 내가 썩 좋은 사람, 따뜻한 사람이라고 생각하지는 않는다. 하지만 인간으로 지녀야 할 인성과 감성이 메마른 사람이 되고 싶지 않아 몸부림쳤을 뿐이다. 때로는 내가 했던 무모한 선택이 비참하게 돌아올 때, 내게 주어진 운명이 얄밉기도 했다.

　"사람은 눈에 보이지 않는 정신의 힘을 가지고 있다. 내면에 숨어있는 정신과 조응하도록 '나'를 컨트롤하고 조정해가는 것이 내 운명을 사는 길이다. 인간은 미래의 '나'를 살리도록 현재를 살아감으로써 행복할 수 있다. 또한 현실의 모든 것들을 생산적으로 수용함으로써 마음에서부터 인생을 즐길 수 있다. 마음속으로 간절히 원할 때 영혼이 진실로 원하는 것이 나타난다. 이때 마음을 움직이는 힘도 강력하게 작동한다. 그런 힘과 함께 인내함으로써 모든 불행도 극복할 수 있게 된다."

〈나를 바꾸면 모든 것이 변한다〉 책에는 이런 글귀가 있다.

"그렇다! 나의 눈에 보이지 않는 정신적 힘으로 내면의 숨겨진 나 자신을 찾고 올바른 삶이란 무엇인지에 대해 알아가야 한다. 그러기 위해 오늘 하루가 긍정적인 날이 되어야 한다. 어디 가서 하는 나의 행동을 보면 누구보다 행복하고 긍정적이다. 하지만 마음에는 늘 갈증을 느끼고, 통증을 느끼는 것 같은 기분이 들 때도 없지 않아 있다. 남들에게 보이는 겉모습으로 내 안의 숨겨진 아픔을 가리고 싶었는지도 모른다. 그렇게 포장을 해서라도 나의 아픔을 꼭꼭 숨기고 싶었던 모양이다."

삼십 대 중반인 지금의 나는 20대 때 나의 모습을 바라보고 있다. 과거의 모습들은 언제 그랬냐는 듯, 아무 일 없었듯 나를 마주 보고 있다. 지금 만약 그때로 다시 돌아간다면 나에게 이런 말을 해주고 싶다.

"그 어느 것도 네 잘못이 아니었어. 그러니 이젠 웃으며 행복하게 살아."

나도 충분히 행복할 자격이 있으니까… 하지만 그땐 '행복하면 큰일 나는 줄 알았다.'

이전에는 행복이라는 단어에

거리를 두고 살았죠.

나는 평생 행복하면 안 된다고 생각했어요.

내가 감히 행복을 말할 수 있을까?

행복해하는 사람들을 보면 마냥 부러워했어요.

'나도 저 사람들처럼 행복했으면 좋겠다.

내 가족과 함께 살며 실컷 행복했으면 좋겠다.'

사실 행복을 포기한 건 나였거든요.

가족을 떠난 죄책감으로

내게 오는 행복을 모두 밀어냈었죠.

그런데 어느 날 행복이 나에게로 다시 찾아왔어요.

이제 놓아주고 싶지 않아요.

그때는 몰랐던 걸 지금에야 알게 되었어요.

나도 충분히 행복할 자격이 있다는 걸,

그걸 이제 알았어요.

나 정말 바보 같지 않나요.

타인의 행복이 먼저라 생각했어요.
나의 행복은 멀리한 채
눈길 한번 주지 않았어요.
어떤 일이 나에게 기쁨을 주는지조차
왜 내가 이 일을 해야 하는지조차 알 수 없었어요.

이제야 알 것 같아요.
누구나 행복을 선택할 수 있다는 걸…
마음속 깊은 곳에 숨겨진 행복의 씨앗을 뿌려
이제 '나'라는 꽃으로 다시 피어날래요.

내 마음의 평화를 발견하는 건 오로지 나의 몫이에요.
아름답고 넓은 대지 위를 걸어가는 모든 사람은
누구나 행복을 선택할 자격이 충분히 있어요.
행복하면 큰일 나는 건 아니잖아요.

강박 밖으로 나온 순간, 행복이 시작된다

'사람은 착하게 살아야 한다. 게으르면 안 된다. 누군가에게 악한 행동을 하면 안 된다.' 내가 어릴 때 늘 아빠가 하시던 말씀이다. 그래서 그랬을까? 늘 '착하게 살자' 이 단어를 마음에 새기며 살아왔다. 모든 사람에게 좋은 사람으로 보이고 싶은 마음에 내 감정을 숨기는 일은 속으론 힘들어도 힘들지 않은 척했다. 그러면서 누군가의 웃는 모습을 볼 때 더 기뻤다. 마음은 힘들면서 아닌 척, 정작 나 자신에게는 위로의 말

한마디도 건네지 못했다.

장녀로 태어나 동생들에게 늘 양보해야 했던, 그럼에도 항상 엄마에게 꾸지람을 들었다. 엄마의 잔소리가 듣기 싫어 학교 수업을 마쳐도 일부로 늦은 시간에 집으로 돌아오는 날도 많았다. 아마 사춘기 때였던 것 같다. 엄마에게 꾸지람을 듣는 날이면 꼭 동생들에게 화풀이를 하곤 했다. 그렇게 살다 결국 스무 살이 갓 넘어 탈북이라는 길을 택하고, 여기저기 세상을 떠돌며 '가출한 여자'로 살게 되었다. 무작정 어디론가 떠나고 싶었다. 가족은 늘 핑계였다. 가족의 부를 위해 탈북을 했다고 하지만 실은 내 삶의 자유가 더 그리웠던 것 같다.

사람은 늘 누군가에게 관심을 받고 싶어 한다. 관심 밖을 벗어나 외톨이라는 생각을 하게 되면 어떻게든 벗어나고 싶어 한다. 상처 준 사람도 없는데 혼자 아파하고, 혼자 상처 받는다. 상처의 깊이가 깊어지면 세상을 외면하고 혼자 있는 시간이 더 많아진다. 그렇게 스스로 자책하며 세상에 쓸모없는 존재가 되어버렸다는 생각에 극단적인 생각에까지 이르게 된다.

아는 언니가 어느 날 문득 내게 이런 말을 건넨다.

"너 바보니. 이제 좀 독하게 살아. 여기는 자본주의 사회야. 누군가를 위해 살아야 하는 그런 곳이 아니야. 너부터 챙겨."

"근데 언니, 나 독하게 살면 오히려 나에게 더 안 좋을 것 같아. 그래도 착하게 살면 후에는 좋은 일이 생길 거야."

"너처럼 살면 안 돼. 언니 말 들어. 너는 그 사람들을 위하는 거라 생각하지만 그들은 결국 그렇게 생각 안 해. 네가 바보라고 생각하지."

"아 뭐가 뭔지 모르겠어."

"나도 몰라. 네가 알아서 해."

언니의 말이 맞는 말일 수 있다. 몸에 밴 위선, 착한 척, 나는 그걸 안 하기로 했다. 마음 안 주고, 상처 받지 않기로 했다. 내 감정 그대로, 자연스러움이 묻어난 순수함, 그 자체의 나로 다시 돌아가려 한다.

누구를 원망하고 혼자 상처 받는 일을 하고 있지는 않은지 돌아보자. 여태껏 내 마음대로 되지 않는 게 누구의 탓이라고 생각하는가. 사실 모든 책임은 나에게 있는 경우가 대부분이다. 신체 자주권을 가지고 살아야 한다. 가까이하지 말아야할 사람은 가까이하지 않는 냉정함, 불평과 불만이 전부인 인생에는 불행이 언제나 뒤를 쫓게 된다. 함부로 자신의 나약한 존재를 드러내다가 상처를 떠안게 되는 경우가 없지 않다. 자기 비하에 빠져 자신을 나약한 존재라 여기는 순간 누군가는 그런 나의 나약함을 이용할 생각을 하고 있는지도 모른다. 스스로 강해져야 한다.

이제 스스로 강해지고 당당해지는 자신감을 가지세요.
자신을 나약한 존재라 생각하는 건 바보 같은 짓이에요.
남이 나를 좋아해 주기를 바라며 착하게 행동하는 건
나 자신에게 미안한 일이에요.
자신에게 미안한 행동은 하지 말아야죠.
언제까지 자신한테 미안해하며
남의 눈치 따위를 보며 살 수는 없잖아요.

나의 결정권을 빼앗기는 순간
다른 사람에게 지배당하게 돼요.
인생을 살아감에 있어 자기 결정권이 없는 인생은
허수아비 인생이나 마찬가지입니다.
때늦은 후회로 하소연해도 들어주는 사람이
몇이나 있을까요.
타인의 관심을 받고 싶어 억지로 하는 행동은
이제 그만해도 된다는 말이에요.

상처가 아프다는 걸 알면 상처 받지 않으면 됩니다.
이에 대한 답은 자기 스스로가 가장 잘 알 거잖아요.

불가능한 꿈, 그 이상의 쇼

중학생 시절, 내 여동생한테 이렇게 물은 적이 있다.

"야, 넌 남녀 사이에 대해 혹시 생각해본 적 있어?"

"언니 별걸 다 묻는다. 때가 되면 알게 되겠지."

"그때가 언제가 될까?"

"아. 암튼 나도 몰라. 알게 되겠지."

순진했는지 아니면 뭐가 궁금했던지 동생과 이런 대화를

나눈 적이 있다. 그렇게 두만강을 넘게 된 나는 삶의 질 따위
는 생각도 못할 만큼 상상도 할 수 없는 일들을 겪게 되었다.
결혼이라는 것에 마주하게 된 것이다. 난 중학교를 졸업할 때
까지도 남녀가 손만 잡고 함께 걸어가면 아이가 태어나는 줄
로만 알았다. 가끔 엄마에게 '엄마. 나 어떻게 태어났어?' 물
으면 그때마다 엄마는 어디서 주어왔다고 했다. 그때는 그 말
의 뜻을 모르고 진짜 어디서 주어온 줄 알았다. 그러던 아이
가 이제 엄마가 되었다. 아무 연습도 없이 마주하게 된 결혼
생활, 연애 한번 하지 못한 채 무작정 마주했던 그런 날들이
지금의 나를 만들어 주었다. '지금이라도 첫사랑을 한번 만
들어볼까, 헐…' 중국에서의 몇 년은 그야말로 전쟁 같은 날
들의 연속이었다.

　넘어서야만 하는 장벽 앞에 서면 의외로 두려움이 사라질
수도 있다는 걸 나는 깨달았다. 때로는 이렇게 살아야만 하는
의미가 뭔지, 왜 이토록 나는 시련과 싸워야만 하는지, 운명
이란 뭔지 알고 싶었다. 그러나 알 수 없는 게 운명이었다. 견
뎌야만 하는 게 인생이라는 것을 알아 버렸다. 내가 북한에서
태어났다는 것, 나의 부모님이 북한에 계신다는 것, 내 몸에

서 낳은 자식이 남의 자식이 될 수 없다는 것, 내가 남이 될 수 없는 것, 이건 분명 정해진 나의 운명일 것이다.

나에게 찾아온 운명을 피할 수는 없는 일이다. 그렇다면 운명을 피하기보다 그런 나의 운명을 바라보는 태도를 바꾸어 보는 건 어떨까? 누차 얘기하지만 우리 인생이 바닐라 향과 같이 달콤하지만은 않다. 그렇기에 우리는 우리 앞에 놓인 시련을 정면으로 마주해야 하는 것이다. 앞으로 또 어떤 시련이 내 앞을 가로막을지 나도 모른다. 하지만 소나기가 지나가면 분명 무지개는 뜰 것이다.

시련은 피하는 것이 아니라 견디는 것이다. 피할수록 끈질기게 따라다니는 게 시련이다. 아무리 아니라고 부정해도 어쩔 수 없다. 태풍이 오면 피해가 최소한이 되도록 막고 견뎌야 하는 것이지 태풍 자체를 없앨 수는 없는 것과 같다. 소나기를 막을 수도, 불어오는 바람을 멈춰 세울 수도 없다. 이처럼 시련도 피하는 것이 아니라 견디는 것이다. 어쩌면 시련을 견뎌내는 게 인생일지도 모른다. 버티고 견딜 수 있을 만큼의 고통과 시련은 누구나 짊어지고 살아간다.

"버티자. 견디자. 좋은 날은 올 테니까."

사람들은 스스로의 믿음과 가치관을 주장합니다.

누군가에게 양보할 수 없는 그런 생각 말입니다.

나는 내가 견뎌 온 고통과 시련에 가치를 담아봤습니다.

이전에는 몰랐던 것들,

지금에야 비로소 알게 된 것에 감사해요.

과거에 힘든 순간, 그때의 관점에서 볼 때는

도저히 납득할 수 없는 그런 일들을

지금에 와서 조금이나마 이해할 수 있게 되었습니다.

참 다행이라는 생각이 들어요.

나에게 주어진 장애물들이 생각보다

그리 높은 것은 아니었다는 생각에 말이죠.

죽을 만큼 힘들 때는 당장이라도 인생을 포기하고 싶죠.

'견뎌야만 한다. 힘들어도 견디면 좋은 날이 올 거다.'

그 좋은 날이 대체 언제?

그래서 '언젠가는' 이 단어에 조차 희망을 걸고 살았죠.

희망은 역시 나를 배신하지 않았습니다.

희망이 없는 삶은 있을 수 없다는 걸 깨닫게 되었죠.

감사합니다! 그냥 감사하다는 말밖에는…

그래, 인생을 던져

북에 있는 고향에 있을 때 시장을 오가며 장사를 한 적이
있었다. 한 번은 어떤 할머니가 무작정 나의 손을 잡으며 말
했다.

"아가씨는 일찍 결혼하면 절대 안 되겠네. 결혼 늦게 해.
알았지. 일찍 가면 결혼 생활 도중 누가 일찍 세상을 떠나게
될 거야."

'정말 할머니 말대로라면 나는 어떡하지. 결혼 안 할 거야. 혼자 살아야지.' 이상하게 할머니 말처럼 내 마음을 품고 살았다. 두만강을 건넌 이후 21살에 강제결혼을 하게 되고, 아이까지 낳게 되면서 난 점점 삶이 두려웠다. '할머니 말대로 누군가 정말로 일찍 세상을 떠나는 일은 없겠지?' 아니라고 해도 마음속에선 그 생각이 떠나지 않았다. 내 운명은 정해져 있다고 믿기도 했다. 한 편으론 '나도 여자잖아' 한 번쯤 내가 사랑하는 사람과 예쁜 사랑을 나누고 싶다는 생각이 들 때도 있었다. 하지만 사랑에 한번 상처 받은 나는 또 다른 사랑을 받아들일 준비가 되어있지 않았다. 지금도 가끔 누군가가 이성으로 다가오면 무작정 밀어내는 습관이 몸에 배어있다.

"나는 중국에서 한번 결혼을 했어요. 아이도 있어요. 내가 겪은 모든 아픔, 상처를 감싸줄 수 있는 건 아니잖아요? 분명 나보다 좋은 사람 만날 거예요."

늘 이런 식으로 다가오는 사람을 거부했다. 진짜 사랑이 뭔지, 사랑에 깊이를 알기까지, 그전에 먼저 나 자신을 사랑하는 법을 실천하고 싶었다. 가끔 친구들이 소개팅을 해준다고 한다. 소개팅 같은 건 절대 안 한다고 딱 잘라서 거절한다. 정해진 인연이 있다고 믿고 싶은 걸까? 내 감정조차 마음대로 조절할 수 없는, 그런 나 자신이 가끔 안쓰럽기도 했다. 하지만 그런 복잡한 마음은 글을 쓰기 시작하면서부터 나아지기 시작했다. 진짜 내 감정과 마주하게 된 것이다. 나에게조차 솔직하지 못한 채 살아왔다는 것이 우울하기도 했다. 그래도 참 다행이다. 서른다섯 지금 내 삶을 다시 돌아볼 수 있어서… 돌아볼 수 없는 삶은 앞으로 나아가는 길에 걸림 돌이 될 수 있다.

어떤 과거가 되었던 부정할 수 없는 내 삶이다. 자랑스럽게 이야기할 만한 것은 물론 아니다. 하지만 스스로에게 솔직하지 못한 그런 삶을 살고 싶진 않다. 정해진 길이라 믿으며 지금껏 걸어왔던 길이 아닌, 지금부터 내가 만드는 새 길로 가보려 한다. 정해진 길이 어디 있니? 내가 만들어가는 길이 진짜 나의 길이지…

거센 비바람이 몰아 칠 수도, 태풍에 내가 쌓아놓은 결과물이 휩쓸어 버릴 수도 있는 일이 우리 앞엔 얼마든 있다. 분명 나의 힘으로 어찌할 수 없는 일들이 생긴다. 그렇다고 좌절

하고 절망할 필요 없다. 후회 없는 선택을 한 것 같아도 후회
로 가득 남게 되는 경우도 있다. 최선의 선택이 최고의 결과
를 가져온다는 보장 또한 할 수 없다. 그러나 내 선택이 나의
삶을 좌우지하는 건 맞다.

　높은 계단의 시작과 끝을 미리 보게 되면 올라갈 힘이 없
어진다. '일단 한 걸음부터' 그게 바로 내가 가는 나의 길이
된다.

얼마나 더 많은 생각을 해야
첫걸음을 내디딜 수 있을까요?
생각만 한가득 움직이지 않으면
어떤 결과도 돌아오지 않아요.
혹시 나의 길은 정해졌다고 믿고 있는 건 아닌가요.
정해진 길이란 없습니다.
내가 만들어가는 길이 나의 길이예요.
그 길에 꽃길만 있을 수만은 물론 없겠죠.
실은 꽃길을 걷기 전 내가 힘들게 걸어온
가시밭 길이 나에게는 더 의미가 있는 길이죠.

결과가 중요한 건 아니에요.
그동안 내가 걸어온 험난한 그 여정이 중요한 거예요.
지금의 위치에 오르기까지 내가 겪은 시련과 고통이
가장 보람되고 가치 있는 일들입니다.

지나고 나면 누구나 이런 말을 하게 되죠.
"맞아. 나 그때 너무 힘들었어.
하지만 포기하지 않은 게 오늘 나를 여기까지 이끌었지."

삶이란 내가 마음먹기에 달려 있습니다.
이제 내 마음의 길을 따라 나와 함께,
그 길 끝에서 무엇을 발견할지 알 수 없지만
분명한 건 자신을 믿고 가는 길에
헛된 수고는 되지 않는다는 겁니다.

계단을 오를 준비가 되었다면 '한 걸음'부터.

돌아온 복단지

"요즘도 계속 글 쓰는 거야?"

"나야 뭐 글 쓰지."

"돈은 좀 벌리는 거니?"

"돈도 돈이지만 나 꼭 돈 벌기 위해 글 쓰는 건 아니야."

"그래도 돈을 벌어야 할 거 아니야. 아님 뭘 먹고살아."

주변 사람들은 이런 말을 자주 내게 한다. 물론 나를 위해서 하는 말이다. 또 돈이 없으면 살 수 없는 것이 우리 인생이다. 당연히 돈도 중요하다. 하지만 돈이 전부는 아니다. 지금껏 돈돈 하며 살아왔지만, 아무리 아등바등 해도 돈 걱정은 평생 해야 된다는 걸 깨달았다. 돈에 대해 스트레스받을 정도로 돈에 집착도 해봤다. 돈을 좇기보단 가치를 중요하게 여겨야 한다는 것도 확실히 알게 되었다. 어떤 것도 내가 소중하게 여기지 않으면 내 옆을 떠나게 된다.

글을 쓰기 시작하면서부터 예전에 가깝게 지내던 사람들과는 자연적으로 거리가 생기게 되었다. 그보단 서로 비슷한 일을 하는 사람들과 어울리는 시간이 더 많아졌다. 서로의 꿈을 지지해주는 사람들과 어울리게 된 것이다. 물론 그들이 다 좋은 사람들인 것도 아님을 안다. 꿈과 간절함 그리고 열정을 가지고 장난하는 사람들도 많이 봤다. 하지만 최선을 다해 목표를 이루고자 하는 친구들과 어울리면서 나의 열정 또한 찾을 수 있었다. 꿈을 꾸며 내가 하고 싶은 일을 이어나갈 동기를 얻게 되었다. 북한에 있을 때처럼 생활고에 시달리며 한 끼 한 끼 걱정을 하지 않아도 되니 기꺼이 나를 위한 투자를 하고 싶었다. 진짜 내가 좋아하는 일, 한 문장이라도 마음을 담아내는 글로 사람들과 함께 하고 싶었다.

"너 글 쓰는 게 적성에 잘 맞는가 보다, 꾸준히 잘하고 있는 걸 보니."

"그런 것 같아. 나 글쓰기 시작하면서 삶에 일어나는 일들이 점점 재밌어지는 것 같아. 나 솔직히 말해 글쓰기 전에는 세상이 짜증 나기도 했거든. 뭐 이런 세상이 다 있나 하면서… 근데 요즘은 내가 왜 세상에 태어났는지, 해야 할 일과 하지 말아야 할 일들이 구분되는 것 같아."

"너 정말 미쳐가는구나. 이제 좀 그만해."

배움을 멈추고 싶지 않아 대출까지 받으면서 과감하게 나에게 투자를 했다. 달마다 나가는 이자가 아깝다는 생각 조차 들지 않았다. 어떤 곳에서 무엇을 배우든, 그만한 가치가 있다고 생각했기 때문이다. 때로는 나의 가치관과 전혀 맞지 않을 것을 볼 때, 자기 자랑만 늘어놓으며 조건 없는 충성을 강요하는 곳까지. 별 경험을 다하면서 깨달음과 지혜를 얻게 되었다. 어떤 곳에서도 배울 수 없는 소중한 깨달음을 얻게 되었다. 어떤 게 좋고 어떤 게 나쁘다고 할 수 없는, 결국 좋은 것도 나쁜 것도 없다는 것을, 모든 사람은 스스로의 삶을 살아가는 방식이 다르다는 것임을 알게 되었다.

세상이 내 마음대로 되지 않으면 내가 세상을 바꾸면 된다. 하지만 사람들은 '또 웃기는 소리 하네. 그게 쉽게 되는 건 아니지.'라고 한다. 정도로 가는 길은 누구도 방해할 수 없다. 누군가에게 피해를 주고, 자기만의 이상한 방식을 주장해서는 안 된다. 선의를 말하며 악이 숨어있는 그런 행동은 하면 안 된다. 정도로 바른 길을 갈 때 비로소 의미 있는 삶의 길이 될 수 있다.

세상에 똑똑한 사람은 차고 넘친다. 하지만 진정으로 선한 사람은 그리 많지 않다. 끝까지 최선을 다해 선함을 지키는 사람 말이다. 똑똑함은 재능이지만 친절함은 선택이라는 말이 있다. 너무 잘난 척 똑똑한 척 하기보다 친절함을 선택하는 게 나를 바른 길로 이끌어 줄 것이다.

최선을 다하라는 말, 열심히 살라는 말,

이 말이 나는 가끔 이해가 되지 않아요.

지금껏 열심히만 살아온 나는 그럼

최선을 다하지 않았다는 거잖아요.

죽을 만큼 힘들 때조차 실은 힘을 냈다고요.

그래도 실은 막막할 때가 더 많았어요.

안갯속을 걷는 것 같이 길이 보이지 않을 때

포기라는 친구가 자꾸 제 손을 잡는 것 같았어요.

'이건 아니야'

그러면서도 어디론가 늘 가려했죠.

때로는 잘난 척, 때로는 바보인 척, 내가 나 자신을

속이는 일을 참 많이 한 것 같아요.

타인에게 착하게 보이기 위해
아닌 척하는 나의 행동을 볼 때
참으로 속상했어요.
그래도 악하게는 살고 싶지 않아
항상 선이라는 말을 마음에 새기며 살았었죠.

착하게 살고 싶다면 착하게 살면 돼요.
그러나 착하지만 행동은 명확하게 해야 돼요.
착함보다 강하게, 그리고 선하게
그게 '나'로 살아가는데 더 도움이 될 거예요.
선의를 베풀며 살면 결국 나 자신이 더 행복해집니다.

나에게 속았다

괜찮다는 말은 사실 다 거짓말이었다. 괜찮지 않은데 괜찮다고 스스로를 속이고 있었던 것이다. 진짜 힘들어 죽겠으면서 왜 자신에게는 그렇게 냉정할까?

나는 어릴 때부터 생각이 많은 아이였다. 식구들이 잠든 밤에도 혼자 뒤척이며 잠을 못 자는 날이 많았다. 어린아이가 뭔 생각을 그리도 하는지 어떤 날에는 거의 두 시간도 채 못 자

는 날도 있었다. '집안의 큰 딸인 내가 어떻게 해야 엄마 아빠
의 사랑을 받을 수 있을까? 동생들에게 화내지 않고 좋은 언
니, 누나로 남을까? 어떻게 하면 우리가 잘 살 수 있을까?' 이
런저런 생각이 머리에서 떠나지 않았다.

생각이 꼬리를 물때는 학교에 가서도 공부보다는 살아가
는데 필요한 생각을 했던 것 같다. '왜 우리 아빠는 공무원인
데 다른 집보다 더 가난하게 사는 건지?' 옷을 잘 입고 학교
오는 애들을 부러워하면서 나도 꼭 부자가 되겠다는 생각을
머리에서 지우지 않았다. 일부로 괜찮은 척하며 자존심을 지
키고 싶었다.

때로는 좋아하지 않는 일조차 좋아한다고 거짓말을 하기도
했다. 누군가의 앞에서 나의 약점을 드러내는 것을 꺼려했었
던 것이 사실이다. 시간이 흐른 지금 돌아보면, 그때 내가 그
렇게 하지 않아도 될 일을 꼭 그렇게 해서 내 생각을 합리화
시키고 싶었던 것 같다. 다 거짓말이면서 괜찮은 척 같은 짓
은 이제 하지 않기로 했다. 힘들면 힘들다고, 아프면 아프다
고, 슬프면 슬프다고 마음껏 표현하기로 나와 약속했다. 나의

생각을 정리하고 나의 하루를 마무리할 때 오늘 이만하면 나 자신한테 솔직했다는 말을 해주고 싶었다.

아닌 관계인 줄 알면서 관계를 유지하려고 나를 힘들게 하지 말자. 생각이든 관계든, 나의 일이든 상관없이 모든 걸 딱 떨어지게 할 수는 없는 일이니까… 어설픈 '나'일지라도 자책하는 일을 이제 하지 말자. 뚱뚱한 '나'일지라도 못난 '나'일지라도 사랑으로 감싸 안아 줄 때 힘든 시련에 부딪힌대도 겁먹지 않고 앞을 향할 수 있다.

괜찮지 않으며 괜찮다는 거짓말 이제 나 자신에게 안 하기로 했다. 솔직해지자. 과거에 어떤 내가 중요하지 않다. 지금 내 감정 그대로 받아들이는 것이 나에게 해 줄 수 있는 최고의 배려다. 오늘 당장 해결되지 않을 일을 놓고 찡그린 인상으로 화낼 필요도 없다. 시간이 지나면 풀리게 될 아주 사소한 일일 수도 있으니 말이다.

살아가면서 내가 가진 능력 밖의 시련이 찾아올 수도 있다. 그렇다고 낙담하고 주저앉아 있을 수만은 없다. 세상에 갓 태어나 걸을 수 없던 내가 걸을 수 있다는 것과 작은 두 눈으로 크고 아름다운 자연을 볼 수 있다는 것, 이건 행운이 아닐 수 없다. 누군가를 따라가려 애쓰지 말자. 내 몸에서 거부하는 일은 하지 말자. 괜찮지 않으면서 괜찮다는 거짓말을 이제 하지 말자. 괜찮지 않아 더 멋져 보이는 나일 수도 있으니까.

자기 자신에게는

거짓말을 해도 된다고 생각하나요.

지금 뻔히 힘든 거 다 알아요.

그런데 또 거짓말이잖아요.

괜찮다고…

뭐가 괜찮은지 난 잘 모르겠어요.

지금 내 마음은 하나도 안 괜찮아요.

왜 나에게마저 솔직하지 못하고

거짓말을 하는지 잘 모르겠어요.

그런데 저 이제 조금 알 것 같아요.

할 수 없다고 생각하는 일은 거짓말을 해서라도,

적당한 핑곗거리를 찾아서라도

피하고 싶어서일 거예요.

그렇게 피한다고 피해지는 것도 아닌데 말이죠.

솔직히 가장 힘든 게

자기 자신의 마음을 다스리는 일이에요.

마음을 다스리고
나 자신에게 당당히 맞서는 일은
너무나 외롭고 고독하고,
지겨운 싸움이거든요.

하지만 분명한 건 그렇게 해서
나의 가치를 찾는 일이에요.
그리고 스스로 찾은 소중한 가치를
다른 누군가와 나눌 때
그때야 비로소 행복 바이러스가
멀리멀리 퍼져갈 수 있는 거예요.
나의 의식을 바깥 외부 세상이 아닌,
내면세계의 목소리를 듣게 해야 해요.

이제 괜찮다는 말로 자신을 괴롭히지 않는 겁니다.
이건 누구도 아닌 오로지 자기 자신과의 약속입니다.

약속할게, 전부 다 괜찮을 거라고

가족을 두고 집을 떠난 나였지만 자존심마저 버릴 수는 없었다. 누군가의 동정 따윈 받기 싫었다. '나도 부모형제 있는데 왜 내가 누군가의 동정을 받지?' 라는 생각 때문이었다. 힘들면서도 아닌 척을 하는 나 자신은 항상 어색하게 느껴졌다. 그렇게라도 나 자신을 지키고 싶었던 것이다. 기댈 곳 하나 없는 곳에서 자존심에라도 기대고 살아야 했다.

지금은 누군가 자존심에 대해 얘기하면 '자존심 그거 하나도 필요 없는 거야. 그니까 버려도 괜찮아.'라고 한다. 그러나 나의 일방적인 생각으로 누군가의 자존심을 건드는 것도 사실은 하면 안 되는 일이다. 이전에 나를 보는 것 같아 한마디 해줄 뿐, 모든 사람이 스스로를 지키는 방식이 같을 수는 없다. 안 된다고만 하는 현실을 살아가며 자존심을 지키는 건 어쩌면 당연한 일일 수도 있다. 힘든 현실을 살아가며 그마저 버린다면 기댈 곳이 어디 있겠는가, 내가 힘없다고 느껴질 때는 자존심을 지키며 나를 보호하는 것도 나쁘지는 않다. 어차피 어느 순간 깨달음과 지혜를 얻는 날이 오면 자존심은 버리게 될 테니까…

요즘 사회는 자존감을 지키며 살라는 말을 많이 한다. 그런데 솔직히 자존감이 아닌 자존심을 지키며 사는 사람들이 더 많은 것 같다. 예전에 나는 이렇게 말했다.

"야 그래도 자존심이라도 지키고 살아야지. 자존심이 밥 먹여주는 건 아니지만 그래도 그것마저 버리고 싶지 않아."
"그래도 버릴 땐 버려야 해."

"그럼 네가 버려. 난 지킬 테니."

뭐가 그리 당당했던지, 아니면 나 자신이 약한 존재라 생각했을까? 그랬을 수도 있다. 집 밖을 떠돌며 늘 혼자라는 생각을 머리에서 지우지 못했기 때문이다. 지금은 자존심 따위는 모두 버렸다. 식당과 회사, 카페에서의 알바, 모두 서비스 직업이었다. 때로는 아주 조금 남은 자존심마저 버려야 할 때도 있었다. '그래 그까짓 자존심 이제 다 버려도 괜찮아. 내게는 아직 자존감이 남아 있잖아.' 그렇게 고객들 앞에서 억지로라도 웃으며 '안녕하세요'를 말했다. 내 긍정적인 모습은 철저한 훈련과 노력이 바탕이 된 거라고 해도 과언이 아니다.

이제 나는 만나는 사람들까지 긍정의 기운이 있는 사람들로만 채워가고 있다. 부정을 말하면 끝도 없이 부정의 울타리 안으로 들어가게 된다. 그렇게 또다시 과거 속으로 돌아가게 된다. 과거를 떠올리며 살아가기에는 너무나 짧은 것이 인생이다. 예측 불한 미래도 작은 희망을 가져보자. 오늘과 내일을 잇는 다리 위에서 중심을 잃지 않으며 사는 것이 쉽지만은 않다. 그래도 한번 태어난 인생 나로 살아가야 하는 건 변할 수 없는 일이다.

　자존심 따윈 버려도 괜찮다고 말하고 싶다. 대신 나 스스로
의 가치를 존중해야 한다. 아니면 '나'라는 존재는 살아가는
내내 외로움을 견딜 수 없게 되니까… 자존심보다 가치, 그리
고 자존감으로 나를 사랑하자.

미안하지만 내 인생을 내 마음대로 하며 살래요.

자존심을 지키는 것도 버리는 것도 모두 내 인생이에요.

맞아요. 내 인생을 누가 뭐라고 할 일은 아니죠.

가끔은 내가 무엇을 지키려 애쓰는지조차 잘 모르겠어요.

'자존심 따위는 버려도 괜찮다.'

속으로 다짐하며 자존감을 들먹이지만

왜 쉽게 자존감과 친해지지 못하는 걸까요?

어쩌면 나의 변화를 받아들이지 못하기 때문이 아닐까요.

타인 앞에서 자신이 한없이 초라하고 작아질 때

보통 튀어나오는 게 자존심이에요.

그런데 그런 자리에서조차 자신감을 잃지 않고

자부심을 가지고 나를 대하면 자존감은 상승하겠죠.

말처럼 쉽게 이루어지는 건 많지 않지만

그래도 내 노력을 배신할 수 있는 건 그리 많지 않을 거예요.

꿈을 이루는 과정이든 관계를 형성하는 과정이든 그래요.

자존감은 자존심보다 훨씬 더 좋은 친구가 될 거예요.

자존심을 버리라는 말은 하고 싶지 않아요.

대신 살며시 놓아주면 어떨까요?

그럼에도 내 하루는 지지 않았다

힘들고 지친 하루를 보내면 집으로 가는 발걸음은 평소보다 훨씬 무겁게 느껴진다. 힘들 때 기댈 곳이 있다면 투정 부리고 떼쓰고 할 텐데 말이다. 별 것 아닌 일로도 화가 난다. 하지만 받아주는 누군가가 없다. 말 그대로 어쩌다 어른이 되었다. 어른이면 징징거리고 투정을 부리면 안 되는 건가. 그렇다고 일하고 있는 친구들에게 매일같이 전화로 수다 떨 수도 없는 일이다. 좋은 날 나쁜 날 가리지 않고 나를 받아줄 수 있는 사람은 과연 누굴까? 예전에는 조금 우울하고 외로우면 친구와 전화를 두 시간씩 붙잡고 있었다. 지금은 먼저 전화를 누르는 것조차 부담스럽게 느껴진다.

누구나 자신만의 삶이 있다. 징징거리고 투정 부려도 내 삶을 거부할 수는 없다. 요즘은 카페에 가서 글을 쓴다. 커피 향에 취해 책을 읽고 글을 쓰며 내면에 있는 나와 마주한다. 이전에는 몰랐던 걸 알게 될 때 '이걸 왜 미처 몰랐을까. 그때 알았다면 고생은 덜 수 있었잖아.' 나 자신조차 마주할 수 없는 그런 삶을 살아왔던 것이다. 카페 구석에 조용한 자리를 차지하고 앉아 가끔 감성에 빠지곤 한다. 지난날 미처 나에게 하지 못한 말, '내가 나여서 고맙다'는 말을 전하면서 말이다. 그러면 마음이 한결 가벼워진다. 사람들은 자기 자신이 혼자인 걸 받아들이는 걸 힘들어한다.

SNS에 글을 올리면 '좋아요'가 몇 개 달렸는지 댓글이 몇 개 달렸는지 확인하기 바쁘다. 때로는 휴대폰이 유일한 친구가 되기도 한다. 중독된 사람처럼 휴대폰이 손에 없으면 불안하기까지 하다. 고된 하루 끝에 찾아오는 힘듦을 휴대폰 하나에 살아가는 것 같다. 나만 이런 일상을 살고 있을까? 요즘은 스마트폰 시대다. 누구나 휴대폰이 없으면 불안한 삶을 살아가는 건 마찬가지인 것 같다. 전철을 타면 휴대폰에 눈과 몸이 가까워지는 사람들이 대부분이다. 불확실한 삶을 살아가면서 고단한 하루하루를 그 무엇에라도 기대고 싶어 한다. 누구의 탓도 아니다. 현실이라는 사회가 주는 불안함을 자기만의 방법으로 해소해야 하기 때문이다.

삶은 전쟁터와 같다는 생각이 든다. 정말 그렇다! 누구나 자기만의 길을 소리 없이 걸어가고 있다. 오늘 하루 어떤 일이 생길지 나조차도 알 수 없다. 여기저기서 힘내라는 소리만 들린다. 힘내는 방법은 가르쳐주지 않는다. 스스로 힘을 내야 한다. 힘이 닿는 곳까지 가보는 거다. 그러다 지치면 잠시 앉아 쉬어가면 된다. 쉼 속에서 새로운 자신을 발견하게 될 것이다. 오늘 하루 힘들다면 하루쯤 그냥 쉬어가자.

힘들어서 이제 더 이상 힘낼 수 없는데

자꾸 힘내라고만 합니다.

그런데 난 어떻게 하면 힘낼 수 있는지

방법을 잘 모르겠어요.

그래서 내 방식대로 힘을 빼기로 했어요.

힘을 뺐더니 이상하게 새로운 용기가 생겼어요.

방전된 배터리에 충전이 만 땅 된 느낌이 들었어요.

"그래 이 느낌이야. 이제 다시 어디든 가보는 거야."

이대로라면 내일은 힘이 날 것 같아요.

그런데 어쩌죠.

내일도 힘들면 말이죠.

그럼 내일도 쉬어가면 돼요.

그런데 그다음 모레도 힘이 안 생긴다면

그땐 다시 생각해야 돼요.

지금 나에게 필요한 충전이 무엇인지를 말이죠.

세상살이 다 거기서 거기라는 말,

이 말이 저에게는 그렇게 와 닿지 않아요.

지금 이 순간도 자신의 열정을 불태우며

꿈을 향해 인생의 거친 바다를 항해하고 있을

누군가는 있을 거예요.

그러는 시간에 누군가는 삶이 두려워

삶 앞에 무릎 꿇고 있는 이도 있을 겁니다.

세상이라는 무대를 너무 두렵게 생각하지 말아요.

일곱 번을 넘어지면 여덟 번을 일어설 용기로 살면

세상은 내가 생각한 만큼 두렵지 않을 거예요.

지친 하루 끝에 힘내라는 말 한마디로

위로될 수 없다는 것도 잘 알아요.

힘내라는 말 대신 마음으로 응원할게요.

차라리 철들지 말 걸 그랬어

나도 모르는 사이 어쩌다 어른이 되었다.

나 왜 집을 떠나서 이 고생을 하는 걸까? 다시 돌아갈 수도 없는 길이잖아? 울 엄마 아빠는 지금 딸이 이런 길을 걷고 있는 모습을 마음으로는 보고 있겠지? 보고 있다면 엄마 아빠 품에 다시 돌아오라고 큰 소리로 한 번만 불러주지, 나 지금 아무것도 들리지 않잖아. 그때는 내가 철이 없어서 그랬어. 집에서 큰 딸로 자라면서 엄마 아빠의 잔소리가 듣기 싫었어."

　그때는 어떤 핑계를 대서라도 집을 떠나고 싶었다. 이런저런 핑계를 둘러대며 엄마를 설득하고 집을 떠났지만 삶은 전쟁터였다. 이미 강은 건너 버렸다. 그래서 무작정 선택한 길을 걸어야만 했다. 철없던 아이가 세상을 떠돌며 홀로 깨지고 부서지고, 너무 일찍 철들어 버렸다. 그런데 철없던 그 시절로 또다시 돌아가라면 절대 돌아갈 수 없을 것 같다. 나에게는 철없던 20대 그 시절이 더 힘들었기 때문이다. 철들어 버린 지금은 오히려 철없던 그때보다 덜 힘드니까…

　내가 걸어온 길이지만 믿어지지 않는다. 지금도 눈 뜨면 내가 살아 숨 쉬고 있는 것이 신기하다. 얼마나 많은 눈물과, 얼마나 많은 이별의 슬픔을 견디며 여기까지 걸어온 길이었던가? 죽고 싶을 만큼 괴로울 때도, 살아야만 하는 이유를 스스로에게 질문하고 답하면서 버틸 만큼 버티자고 나에게 약속했다. 아빠에게 남긴 편지의 약속 또한 지키고 싶었다.

　뭐 이런 세상이 다 있나 하다가도, 내가 왜 또 세상을 탓하고 있지, 누가 나를 떠밀어 여기까지 온 건 아니잖아. 그러면서도 억울한 감정은 늘 남아 있었다. 이 모든 사실이 전부한 밤에 꾸는 꿈이었으면 좋겠다는 생각이 수만 번, 아니 수도 없이 들었다. 어둠이 오는 게 두렵고, 아침에 잠에서 깨는게 두려웠다. 어김없이 찾아오는 아침이면 이불을 박차고 어디라도 가야 했다. 어떻게 해서든 돈을 벌어야 했다. 내 주머니가 텅 비어도 북에 엄마에게 용돈을 보내드리면 그때가 더행복했다. '그래 난 괜찮아. 산 사람 입에 거미줄 안친다는 말도 있잖아.'

그래도 지치면 혼자 생각한다. 무엇을 찾아 이토록 헤매고 헤매지만 아무것도 손에 잡을 수 없는, 한 사람이 세상에 태어나 살아가는 삶이 이렇게 힘든 것일까? 내가 나 자신도 믿지 못할 때, 나 참 바보 같다는 생각이 들었다. 나 혼자 잘 먹고 잘 살겠다고, 떠난 길은 절대 아니었다고, 그러니 제발 나힘들게 하지 말라고, 기도하고 또 기도했다. 목숨까지 걸며 두만강을 건너던 용기 있는 20대 여자 아이는 어디론가 사라지고, 어느 순간 겁쟁이가 되어 있는 것 같았다. 그럼에도 포기하는 것이 더 두려워 꿈에 도전하게 되었을 때, 나 자신에게

늘 이렇게 말하곤 했다.

"나 목숨까지 걸고 두만강도 건넜잖아. 뭐가 더 두려워 앞으로 나아가길 망설이고 있는 거야? 할 수 없다는 건 하지 않겠다는 핑계로 밖에 안 들려."

이런 식으로 나를 채찍질하며 한 걸음 한 걸음 나의 길을 걸어왔다. 내가 가는 이 길의 끝에서 아무것도 발견하지 못하면 그때는 어떡하지, 하면서도 "아니야. 언젠가는 좋은 날이 꼭 올 거야. 그러니 끝까지 가보자." 이렇게 혼자 토닥이며, 또 채찍을 두르며 여기까지 온 것 같다.

"나 괜히 이렇게 철들었잖아. 차라리 철들지 말걸 그랬어."

그래도 철든 지금이 철없던 그 시절보다 훨씬 더 행복하다. 힘든 고통 뒤에 찾아온 평화로움, 지금의 행복 뒤에 또 어떤 걱정이 찾아올지 나조차 모르는 일이다. 그러나 걱정과 고민 때문에 두렵다면 '나'로 성장할 수 없을 것이다. 힘들면 힘든 대로 힘나면 힘나는 대로 나의 속도에 맞춰 정상에 오르면 된다.

  지금 지쳐있는 누군가에게 힘내라고 하는 말이 어쩌면 지친 사람을 더 힘들게 할지도 모른다. 그래서 힘들면 그냥 힘을 빼라고 말하고 싶다. 그대로 아무것도 하지 않아도 된다고⋯ 그렇게 있다 보면 새로운 용기가 어느새 내 몸에 충전되어 있을 것이다. 그때 다시 용기 내어 나아가도 충분하다. 그렇게 성숙되고 강해지면 그때는 철든 지금 나의 모습이 뿌듯하고 대견스러울 것이다.

  철없던 그 시절의 모습도, 철든 지금 자신의 모습도 모두 나 자신이라는 것이다. 좀 더 나 자신을 사랑하자. 열심히만 살아온 나 자신에게 토닥토닥 해주자. 힘들면 힘내지 않아도 괜찮다고, 그러다 힘이 생기면 다시 나아가면 된다고⋯

일찍 철든 내가 참으로 안쓰러울 때가 많았어요.
태어나 부모님 품에서 아장아장 걸음마를 떼고
학교를 거쳐 사회에 나오게 되었죠.
부모님 품에 있을 땐 밝은 웃음만 지으며 아무 걱정 없었죠.
하지만 어느새 어른이 되어 순수한 그런 웃음은 없어지고
삶에 대한 불안과 고민의 짐을 한가득 짊어지게 되었죠.

잡으려 애쓰면 끝내 도망가 버리고
진정 내려놓고 싶은데 그것마저 내 마음대로 안 되는
어떻게 해야 균형을 잡을지 고민이 많게 되죠.
하늘을 떠다니는 흰 구름 사이에서
비가 오길 기다리고, 해가 뜨길 기다리며 살 수 밖에는…

어찌 되었든 '나'는 깨어있고
나의 삶을 끝까지 살아야 한다는 겁니다.
지금 이 순간 깨어있는 나의 모습을
온 마음을 다해 느껴보는 겁니다.

날아봐, 너의 꿈을 행해서

아무리 가고 또 가도 끝이 보이지 않는다. 지금 나는 어디쯤에 있을까?

"아, 진짜 뭐가 뭔지 잘 모르겠다. 하고 싶은 건 많은데 안 되는 건 왜 이리 많은지."

지금 내가 하고 있는 생각이 있는 그대로인 '나'라고 생각한다. '나도 누구처럼 되고 싶다'는 이 생각에서 벗어날 때 진정한 나 자신과 마주할 수 있게 된다. 그럴 때 비로소 자유가 허락된 삶을 살 수 있다. 누구나 자유를 꿈꾸지만 진정 자유로운 삶을 사는 사람은 그리 많지 않은 것 같다. 옳은 길이어도 아닌 길이어도 내 마음이 움직여서 가는 길은 누구도 막지 못한다. 애초에 존재하지 않는 완벽을 추구하기보다 자연스러움 그대로에 발을 맞춰 가면 어떨까. 치열한 경쟁 사회에서 누군가를 따라가기보다 느리더라도 나만의 걸음으로 가는 것이 가장 정답에 가까운 길이 아닐까? 어디쯤에 있는지 보다나의 길을 제대로 가고 있는지가 중요하다.

북한에 있을 때 나는 회사에 취직하는 것이 싫었다. 아빠 이름을 내세워 회사가 아닌 시장을 오가며 장사를 했다. 중학교를 갓 졸업하고 회사가 아닌 시장을 출퇴근하며 생계를 이어왔다. 온종일 시장에서 장사에 시달리다 저녁에 집에 돌아오면 아빠가 들려주는 기타 소리, 동생들의 웃음소리를 들으며 이런 생각을 했다. '우리 가족이 언제면 돈 걱정 없이 자유로워질까.' 매일 부와 자유를 꿈꿨다. 인간에게 자유는 가장 소중한 것이다.

챗바퀴처럼 반복되는 일상에서 벗어나 진정한 자유, 그러기 위해 조금은 다른 생각을 해야 하지 않을까? 모두가 가는 길에서 보석을 발견할 수 없다. 내가 가는 길이 때로는 외롭고 힘들어도 나만의 길을 갈 때, 시간이 지난 어느 순간 자신이 자랑스럽게 느껴진다. 지금 내가 어디쯤 있는지, 가고 있는 길이 옳은 길인지 아닌지는 느낌으로 알 수 있다.

남과 비교하지 않는 삶, 있는 그대로 나를 사랑할 수 있는 삶이 되어야 한다. 지금도 너무 잘 살고 있는 스스로를 응원해주면 어떨까? 남보다 못한다고 주눅 들지 말자. 못한다는 것은 더 잘할 수 있는 기회가 많다는 뜻이기도 하니까…

누구나 삶을 살아가며 시련과 고통에 마주하게 됩니다.
고통의 깊이가 조금씩 다를 뿐이죠.
우리는 그런 고통으로부터 삶을 깨닫고 더 지혜로워집니다.
리허설 없는 아마추어 인생을 살아가며
어떤 일이 일어날지 아무도 모릅니다.
세상에 올 때 인생을 미리 예약하고 오는 것이 아니에요.

살면서 깨지고 부서지고 부딪히면서
어느 순간 대나무처럼 강해진 자기 자신을 발견하게 됩니다.
삶에 지쳐 도저히 일어설 힘이 없을 때
"나 힘들어요. 내 손 좀 잡아줄래요?" 하면
그냥 지나칠 사람은 많지 않을 겁니다.
내민 손을 잡고 일어설 수 있는 힘은 스스로 키워야 해요.

그래도 힘들면 잠시 짊어진 모든 짐을 내려놓아보아요.
치열한 경쟁을 다투며 너무 앞만 보고 나아가는 나에게
잠시 쉬어가라는 빨간 신호등일 수도 있으니까…

잠깐, 잠깐만 쉬었다 가요.
비우며 채워가는 삶,
삶을 간절히 바라는 마음에서 새로운 내가 재탄생됩니다.
한 걸음 걸어도 나답게,
모든 날, 모든 순간을 나답게 살아도 괜찮아요.